Sabine Bürger

IN DER STILLE DER HEILIGEN NACHT

DER LEUCHTTURMWÄRTER

Das Buch

Als die Journalistin Marianne Binder wie jedes Jahr zum Heiligen Abend das Grab ihres verstorbenen Mannes aufsucht, bemerkt sie neben seiner Ruhestätte einen frisch aufgeworfenen Grabhügel. Davor steht eine junge Frau. Die Unbekannte hält eine Kerze in den Händen, ist auffällig altmodisch gekleidet und scheint sie zu erwarten. Trotz eines verwirrenden Gefühls folgt Marianne der Fremden in ein kleines Café nahe der Stadt – und wird mit einer unglaublichen Geschichte konfrontiert …

Die Autorin

Sabine Bürger hat erst spät mit dem intensiven Schreiben begonnen.
2010 wagte sie sich an die Öffentlichkeit. Shortys und Love-Storys erschienen in Fernsehzeitschriften, bevor 2012 das erste Buch einer zweibändigen, fantasievollen Kinderbuchreihe veröffentlicht wurde.
Aber ein Genre allein genügt ihr nicht.
Sie schreibt Liebesromane, prickelnde Erotik, Shortys, Thriller und Krimis unter Pseudonym und als Verlagsautorin. Ab und zu veröffentlicht sie ihre Romane im Selbstverlag. Alle Bücher werden vertont.
Heute lebt sie mit ihrem Mann und zwei Katzen im Oderbruch, genießt die Natur und die ländliche Abgeschiedenheit mit der gleichen Intensität, die sie ihren Romanen widmet.

Auflage 1

Coverdesign: Nancy Salchow unter Verwendung der Grafiken #589236270 © by Fizkia Stock. Alle Grafiken unter Standard-Lizenz erworben bei Adobe Stock.
Korrektorat/Lektorat/ Enya Kummer
Buchsatz: Klaus Bürger
Druck und Bindung: Amazon
Verkauf durch Amazon Media EU Sàrl
ISBN 9798872051510
Imprint independently published

Mir ist bewusst, dass es mehr zwischen Himmel und Erde gibt, als wir mit unserem Verstand begreifen können und wollen.

Sabine Bürger

Sabine Bürger

In der Stille der Heiligen Nacht

Der Leuchtturmwärter

Prolog

Es sind die geheimnisvollen Geschichten, die uns berühren und gefangen nehmen, uns innehalten lassen in der Hektik unserer Zeit, die uns und unser Leben verändern, jetzt und …

- In der Stille der Heiligen Nacht –

Es war in den Nachmittagsstunden des vierundzwanzigsten Dezembers 1999. Eine ruhige Zeit, fernab von Kinderlachen, Kerzenschimmer und Bratenduft. Stunden der Besinnung, die mich seit Jahren zu dem Mann führten, der mein Leben geteilt hatte und den ich besonders an diesem grauen, trüben Tag schmerzlich vermisste.

Wolken hingen in tiefen Schleiern vom Himmel herab und ein feiner Nieselregen drang mir bis unter die Haut. Fröstelnd zog ich die Schultern hoch und schritt schneller voran. Der Strauß aus duftendem Tannengrün und weiß leuchtenden Chrysanthemen wippte in meinen klammen Fingern, das vermodernde Laub unter meinen Sohlen patschte vor Nässe.

Bereits von Weitem entdeckte ich das frische Grab mit den vielen Blumen darauf und die junge Frau, die mit einer Kerze in der Hand vor dem kleinen Hügel stand. Als ich näher kam, wandte sie sich um und sah mich an.

Unverwandt, mit Schultern, die von einer unsichtbaren Last gebeugt schienen

»Er hat meine Verzweiflung mit seinem Leben bezahlt«, flüsterte sie stockend, geradeso, als hätte ich sie dazu aufgefordert. Und als sie den Blick aus ihren großen, traurigen Augen weiterhin auf mich richtete, nickte ich verwirrt und versuchte ärgerlich die Neugierde zu unterdrücken, die wie ein unliebsames Pflänzchen in meinem Inneren wuchs.

Merkwürdig berührt ließ ich meinen Strauß auf das Grab meines Mannes gleiten, schenkte ihr ein hilfloses Lächeln und wandte mich hastig ab, um fortzulaufen. So schnell wie möglich wollte ich diesen unheimlichen Ort verlassen, das Grauen abschütteln, das mich erfasst hatte, die Schweißtropfen ignorieren, die sich in meinem Nacken festbissen und mir eine Gänsehaut bescherten. Was war nur los mit mir? Wer war diese Unbekannte, die mich mit unsichtbaren Fäden zu halten schien, meine Füße stocken ließ, als wären sie mit Blei am Boden fixiert?

»Nein«, hörte ich ihre bittende Stimme in meinem Rücken. »Nein.« Flehend fast, als hätte sie meine Gedanken und meine Absicht, dieser beängstigenden Situation so schnell wie möglich entfliehen zu wollen, erraten.

»Gehen Sie nicht, schenken Sie mir eine Stunde Ihrer Zeit und hören Sie mir zu, bitte«, fügte sie leise hinzu, als ich mich keinen Schritt bewegte, bewegen konnte.

Was wollte sie von mir? Woher rührte dieses naive Vertrauen zu einer Fremden, die ihre Mutter hätte sein können? Ich zog die Augenbrauen hoch, wandte den Kopf und betrachtete sie genauer.

Sie war außergewöhnlich schön. Eine Kappe aus dunkelbraunem Samt bedeckte ihr lachsfarbenes Haar, das in dichten Flechten über ihren Rücken fiel. Ihr Antlitz war blass, fast durchscheinend und erinnerte mit den fein geschwungenen Augenbrauen, den hohen Wangenknochen und den vollen Lippen an ein Bildnis alter Meister.

Abwartend sah sie mich mit einem Blick an, der mich faszinierte und gleichzeitig erschauern ließ. Sie stellte die Kerze auf den frischen Hügel, kam auf mich zu und streckte mir beide Hände entgegen. Der Saum ihres Mantels spielte anmutig um ihre geschnürten Stiefel. Eine elegante, aber veraltete Mode, wie ich verwundert feststellte, wobei ich die gläsernen Augen des Fuchses auf ihren Schultern zu ignorieren suchte.

Erschrocken wich ich zurück, als sie lächelnd meinen Arm berührte. Behutsam, federleicht, kaum spürbar. Sie blickte mir in die Augen. Unendlich traurig und verzweifelt. Mein Herz erbebte vor Mitleid und ich erlag der merkwürdigen Magie des Augenblicks, der mich fest im Griff hatte. Ich seufzte innerlich, nickte ihr zu und beendete meinen Widerstand. Beklommen duldete ich ihre Begleitung, als wir den Friedhof verließen und uns den Lichtern der Stadt näherten.

Und im Dämmerlicht eines kleinen Cafés, zwischen heißen Getränken und der Melancholie des scheidenden Jahres, in der Stille der Heiligen Nacht, erzählte sie mir die Geschichte ihres Vaters, des Leuchtturmwärters …

Spätherbst, September 1899

Irgendwie erschien Friedrich Jäger ihr Anblick passend zum letzten Tag im September. Zur Schwermut der sterbenden Jahreszeit, ihren sanften, vergänglichen Farben, dem typischen Geruch nach vermodernder Erde, dem Atem des Meeres und dem Wind, der durch die Bäume fuhr und mit seinem Gesang die Luft füllte - diese Fremde, die den Blicken der gaffenden Leute ausgesetzt, verlegen ihren Kopf senkte.

Dabei hatte sie wahrlich keinen Grund dazu, sich vor irgendjemandem zu verstecken, befand der junge Mann erstaunt, während er mit den Nachbarn bei den aufgehängten Netzen stand, sich lässig an die stabile Holzkonstruktion lehnte und den Blick wie alle anderen auf die Neuankömmlinge richtete.

Geblendet von den tiefliegenden Sonnenstrahlen, die durch die Kronen der Bäume spitzten, kniff er die Lider zusammen und hob eine Hand über die Augen. Das entfernte Lachen, die fröhliche Runde junger Frauen, die mit hochgeschürzten Röcken zum Wasser liefen, entglitt seiner Aufmerksamkeit. Nur dumpf hörte er das Laub rascheln, scherzhafte Bemerkungen, die Vogelgezwitscher gleich aufbrandeten und die er, entgegen seiner sonstigen Gewohnheit, nicht erwiderte.

Er hatte nur noch Augen für die fremde junge Frau. Ein merkwürdiges Gefühl ergriff ihn, sein Herz stolperte und er holte überrascht Atem. Was passierte mit ihm? Ließ er sich bereits von dem ersten weiblichen Wesen, das sein abgelegenes Dorf erreichte, bezaubern? Er schob die Stirn in Falten, während er sie fasziniert musterte. Die Kleine war in ihrer Anmut und süßen Hilflosigkeit, mit der sie die aufgetürmten Habseligkeiten auf dem Handkarren festzuhalten suchte, das schönste Geschöpf, das er jemals gesehen hatte.

Er lächelte, bevor sein Blick den Rest der Gruppe erfasste. Den abgemagerten Mann mit den wachen Blicken, dessen Augen von einem Kranz feiner Fältchen umrahmt wurden. Das hagere Gesicht, das ihn älter aussehen ließ, als er vermutlich war. Diesen Fremden, der das erregte Tuscheln und die Blicke, die seinem Tross folgten, mit einem nachsichtigen Lächeln bedachte, während sich die Zugriemen des Karrens in seine schmalen Schultern pressten. Er keuchte, als er sein Gefährt den schmalen Pfad hinauf Richtung Klippen zog und für einen kurzen Moment innehielt, um sich den Schweiß von der Stirn zu wischen. Müde blickte er hinauf in die rauschenden Wipfel der Tannen, die auf dem Hügel standen und das Ziel seiner Wanderung zu sein schienen.

Friedrich krauste die Stirn. Was wollten die Fremden dort oben? Warum strebten sie ausgerechnet den Ort an, der von den Einheimischen wie die Pest gemieden wurde? Der Weg führte direkt zum Haus der verblichenen Else Biesenhain. Der Frau mit dem unheilvollen Leumund. Wussten die Neuankömmlinge nicht, was man Else nachsagte?

Friedrich betrachtete die zierliche Person an der Seite des Fremden, die zwei Kinder, die sie an der Hand hielt, den Kopf gesenkt und den Blick zu Boden gerichtet. Ihr schien das Aufsehen, das sie verursachten, ebenso wenig zu gefallen wie der jüngeren Frau, die unentwegt die schwankende Last beobachtete und die starrenden Dörfler ignorierte.

Ein Lächeln huschte über Friedrichs Gesicht, als der Karren über eine Baumwurzel rumpelte und in eine bedrohliche Schräglage geriet. Eilig sprang er hinzu und stemmte seinen kräftigen Körper gegen die Aufbauten. Dabei achtete er kaum auf das kippende Gefährt, sondern blickte unentwegt auf die Fremde, die endlich den Kopf hob und errötete, als sich ihre Blicke trafen.

»Gerade noch mal gut gegangen«, stellte Friedrich fest und nickte dem schönen Wesen, dessen Haare in einer glänzenden Flut über den Rücken fielen, augenzwinkernd zu. Mit ausgebreiteten Armen lehnte er sich gegen die aufgetürmten Gegenstände, schob alles zurück an seinen Platz und reichte dem Mann, der sich jetzt umwandte, spontan die Hand.

»Friedrich Jäger. Wie ich annehme, wollen Sie bei uns sesshaft werden? Willkommen in unserem schönen Dorf«, sagte er forsch und grinste aufmunternd.

»Danke, junger Mann, richtig vermutet. Ich bin Hans Wagenknecht aus dem Thüringischen. Und das ist meine Familie.« Mit einer ausgreifenden Geste umriss der sehnige Mann die Frauen und Kinder und nickte verlegen. Seine Stimme klang rau und kraftlos. Er ergriff die dargebotene Hand und drückte sie halbherzig. »Meine Frau und die Kinder sind erschöpft von der langen Reise, belastet von der Trostlosigkeit, die das Feuer in unserem Dorf hinterlassen hat. Das ist alles, was wir vor den Flammen retten konnten.«

Er deutete auf den Karren und verzog schmerzerfüllt das Gesicht. »Wir haben die Feuersbrunst überlebt und danken Gott dafür. Es ist nicht viel, was wir retten konnten aber gemessen an dem, was anderen widerfahren ist, ist es ein unschätzbares Glück.«

Liebevoll blickte er auf seine Familie, bevor er die Kate betrachtete, die vor einem malerischen Hintergrund aus blauem Himmel und grünen Tannen erschien. Lächelnd hob er den Arm und deutete voraus.

»Es kam einem Wunder gleich, als uns Tantchen Zuflucht und ein Dach über dem Kopf anbot. Else Biesenhain ist eine Verwandte meiner Frau, müssen Sie wissen. Die Schwester ihres Vaters und die Einzige, die von ihrer Familie übriggeblieben ist«, setzte er nach kurzem Zögern hinzu. »Ihr Brief erreichte uns im späten Frühjahr nach dem Brand, dem unser Dorf zum Opfer fiel. Wie die Nachricht von dem Unglück so schnell zu ihr gelangen konnte, ist uns ein Rätsel. Vermutlich war es ein Reisender oder fahrendes Volk, das schnell die Orte wechselt und von dem Brand wusste?«

Er zuckte mit den Schultern und schwieg gedankenverloren. Dann nickte er, schulterte den Riemen und zog den Karren an. »Else ist nicht mehr die Jüngste, da kann das Leben zur Last werden. Leider mussten meine Frau und ich während der Reise in Stellung gehen, mehr, als uns lieb war. Aber von irgendetwas muss unsereins ja leben, nicht wahr?«, murmelte er an

Friedrich gewandt, bevor ein stolzes Lächeln über sein Antlitz glitt. »Ich bin Stellmacher, junger Mann, ein Handwerk, welches immer gefragt ist.« Er nickte Friedrich zu, als er den Karren in dem ansteigenden Gelände vor dem Rückwärtsrollen bewahrte.

»Selbst Marie, unsere Älteste, ist den Bauern fleißig zur Hand gegangen«, fuhr er fort und deutete mit dem Kinn in Richtung des jungen Mädchens, das den Kopf senkte, als Friedrichs Blick ihrem begegnete. »Trotzdem verging die Zeit letztendlich zu schnell und wir mussten uns sputen, um noch vor dem Einbruch des Winters bei unserer lieben Else anzukommen.«

Ein erleichtertes Seufzen hob seinen Brustkorb. »Nun ja, wir haben es trotz aller Widrigkeiten geschafft. Ab heute wird sich alles ändern.« Liebevoll blickte er seine Frau an, die erschöpft die Kinder an ihren Rock zog und das Haus anstarrte.

»Auch wenn es im Moment nicht so aussieht, meine Hanna ist eine tüchtige Hausfrau. Bestimmt war das für die betagte Else Grund genug, sie endlich zu sich zu holen.« Entschuldigend hob Hans Wagenknecht die Hände, während er kritisch die windschiefe Kate vor sich musterte.

»Gut«, sagte er nach einer kurzen Pause, räusperte sich entschlossen, spreizte die Finger der rechten Hand und begann aufzuzählen: »Zuerst werde ich das Dach ausbessern und das Haus mit einem kleinen Anbau erweitern, damit wir alle Platz finden. Dann kommt ein Gatter für Hühner und Enten hinzu und ein freundlicher Anstrich für alles zusammen kann ebenfalls nicht schaden.«

Seine weiteren Vorstellungen endeten in einem gemurmelten Monolog. Vergnügt nickte er dem Gebäude zu, während Hanna Wagenknecht an die Tür klopfte und mit leiser Stimme nach Else Biesenhain rief.

Als sich nichts rührte, nur der Wind über den Hang pfiff, an den Haaren und Kleidern der Anwesenden zerrte, blickte der Stellmacher Friedrich an und zog die Augenbrauen hoch.

»Wir kommen unangemeldet, wie es scheint. Bestimmt wird Else bald zurück sein. Der Winter steht vor der Tür und Hannas Erzählungen zufolge sammelt Tantchen gern das angeschwemmte Holz am Strand.« Sein Blick glitt auf das Meer hinaus, dann wandte er sich um, ergriff Friedrichs Hand und schüttelte sie herzlich. »Vielen Dank für die Hilfe, junger Mann. Jetzt kommen wir allein zurecht. Wir werden hier auf die Verwandte meiner Frau warten. Die Sonne geht bereits unter, bestimmt wird sie bald …«

»Nein«, unterbrach Friedrich den älteren Mann mit einem Ton in der Stimme, der die hoffnungsvollen Mienen der Umstehenden mit der Geschwindigkeit eines einschlagenden Blitzes zerstörte. Dann hob er die Schultern.

»Es tut mir leid. Ich hätte es Ihnen sofort sagen müssen.« Schuldbewusst senkte er den Kopf vor den Blicken, die ihn verwundert musterten, während er sein Zögern verfluchte und sich innerlich wand wie ein Wurm.

Bestimmt war es kaum der richtige Augenblick, den Verwandten Else Biesenhains von den Gerüchten, die sich um die alte Frau rankten, zu berichten? Von dem Tratsch, der sie als Hexe bezeichnete, weil sie die männlichen Vertreter ihres Dorfes angeblich mit einem Fluch belegte, sobald sie das mannbare Alter erreicht hatten? Warum sonst suchten die halbwüchsigen Jungen schreiend das Weite, sobald sie Elses ansichtig wurden? Oder was es mit dem Wind auf sich hatte, der heulend über die Klippen brach, die Bäume niederzwang, das Stroh von den Dächern riss, die Straßen leerfegte, wenn er sich in den Kronen der Friedhofsbuchen verfing, knurrend und beherrscht von Else, der unheimlichen Kräuterfrau?

Wen wunderte es, als nach Elses Ableben das Haus auf den Klippen verwaist blieb? Zu klein, zu geduckt und zu nahe am unbefestigten Ufer liegend, hieß es dazu. Gründe, die zu Elses Lebzeiten niemanden interessiert hatten, die aber nach ihrem Tod einen Neubezug erfolgreich verhinderten. Dabei bot das Haus einen unvergleichlich schönen Blick auf das Meer, auf die schaumgekrönten Wellen, die rauschend gegen die Steilküste brandeten, auf das Wechselspiel zwischen Schönwetterwolken am blauen Himmel und funkelnden Sternen in der Nacht. Das Entzücken der Interessenten darüber währte exakt so lange, wie die Gerüchte über das einsame Haus auf den Klippen benötigten, um an ihre Ohren zu gelangen.

Friedrich ahnte, dass die Furcht seiner Landsleute vor der Kräuterfrau und ihren angeblichen Umtrieben zu groß war, um sich durch fortschrittliche Auffassungen des 19. Jahrhunderts verdrängen zu lassen. Für die Dörfler trieb der Geist der Verstorbenen sein Unwesen in der vereinsamten Kate über dem Meer. Ruhelos und verbittert auf Rache sinnend.

Es waren die Älteren, die sich an die herausragende Schönheit der jungen Else erinnerten. An ihren Liebreiz, ihr zauberhaftes Wesen und an das Unglück, als sie ihre Liebe einem Seemann schenkte, der ihr das Herz brach. In einer Mischung aus Wut und Trauer über das ehrlose

Verhalten ihres Geliebten sollte die junge Frau die Männer fortan mit einem Fluch belegt haben, der ihnen, sowie ihren männlichen Nachkommen, das Glück in der Liebe auf ewig verwehrte.

»Wunderschön und nackt hat sie getanzt, umgeben von loderndem Feuer, eingehüllt in die Kelchblätter einer roten Blume. Ein furchterregendes Ritual, sage ich euch. Ich hab sie gesehen, nachdem der Sturm ihren Liebsten hinweggefegt hat«, behauptete der alte Jonas kichernd. Seine Augen funkelten, während seine Hände über imaginäre Brüste und Hüften strichen und er mit unwilligen Schnalzlauten den Spott der Jungen abwehrte.

Trotzdem schien ein Funken haften geblieben zu sein, ein Flämmchen voller Zweifel, ob das Gehörte nicht doch irgendwann Tod und Verderben über die männlichen Nachkommen des Ortes bringen könnte.

Bis zu seinem Tod im vergangenen Winter hielt der Alte hartnäckig an seiner Version von Unheil und Verderben fest. Dabei spielte es für die Einheimischen keine Rolle, ob die Geschichten seinem getrübten Erinnerungsvermögen oder seinem bedenklichen Alkoholkonsum geschuldet waren. Sie mieden Else, wenn sie beladen mit Holz oder Einkaufskörben den Hang zu ihrem Haus hinaufkeuchte, selbst nach Jahren noch, als das Alter sie eingeholt hatte.

*

Für Friedrich war das alles Seemannsgarn und höchst erheiternd, wie nachhaltig die Wahnvorstellungen des Alten die ohnehin bestehende Angst der Dorfbewohner vor der Verstorbenen schürten. Das Entsetzen in den Gesichtern der Umstehenden, als die Fremden ausgerechnet den Weg zu Elses ehemaligem Anwesen eingeschlagen hatten, sprach für sich.

Spöttisch verzog er die Lippen. Wie oft war er der betagten Frau in den letzten Jahren zur Hand gegangen. Sie war alt, geächtet und hilfebedürftig. Ihn interessierte das Getuschel der Leute nicht. Else Biesenhain gehörte in sein Dorf wie das Rauschen der Wellen, die sternenklaren Nächte oder die Sonne, die im Meer versank, wenn sich der Tag neigte. Er mochte den Wind, der ihm wie die Hand seiner Mutter in Kindertagen durch die Haare fuhr, die Luft, die frisch und sauber seine Lungen füllte und das Farbenspiel des Meeres, das ihn faszinierte.

Bereits als kleiner Junge hatte er am Strand gestanden und nach den Männern und ihren Kuttern Ausschau gehalten, unter den besorgten Blicken der Frauen auf den Vater gewartet und Mutters Angst, wenn die Schiffe sich verspäteten, nicht verstanden. Sein Leben war die Gemeinschaft am Meer. Das Dorf mit seinen Bewohnern, in deren Mitte er geboren und aufgewachsen war. Tage, Wochen und Monate, die ihn mit dem Auslegen der Netze, dem Einbringen und Verarbeiten der Fänge, dem gleichförmigen Leben als Fischer vertraut machten. Für ihn war es der Alltag, wenn die Männer bei Wind und Wetter auf das Meer hinausfuhren, ein Leben lang, bis ihre von Wasser, Salz und Sonne gegerbten Gesichter an

Leder und Mühsal erinnerten. Natürlich blieben Schiffe verschollen und Trauer erfasste die Angehörigen. Irgendwann hatte jede Familie Opfer zu beklagen. Das Meer verschonte niemanden. Hass, Trauer, Freude und Lebenslust lagen nach Friedrichs Meinung nirgends so nahe beieinander wie am Meer. Besonders ein Ereignis war unverbrüchlich mit seinen Erinnerungen verbunden. Der Moment, als er selbst hinausfahren durfte, zu den Männern gehörte, deren Ankunft sehnsüchtig erwartet wurde. Ein unbeschreiblicher Zauber lag über diesem Tag, als er mit stolzgeschwellter Brust an der Reling stand, sich die Haare aus der Stirn strich, voller Freude über die jungen Mädchen, die ihn nach einem anstrengenden Arbeitstag willkommen hießen. Er nahm ihre Zuwendungen wie ein Geschenk entgegen. Ohne Verpflichtungen oder Versprechungen und zum Leidwesen der jungen Frauen auch ohne Interesse an einer festen Bindung. Für Friedrich war es selbstverständlich, irgendwann der Enge seines Dorfes zu entfliehen, auf einem großen Handelsschiff anzuheuern und sich den Wind um die Nase wehen zu lassen.

*

»Öffnen Sie die Tür«, wies er den hageren Mann an, während er die Schultern hochzog, um seine Erinnerungen abzuschütteln. »Das Haus gehört Ihnen. Else hatte das Zweite Gesicht, sagen die Leute. Vielleicht stimmt es sogar und sie hat das Unglück geahnt, als sie Ihnen den Brief schrieb? Lange Zeit vor dem Feuer, das Ihr Heim zerstört hat?« Friedrich atmete tief ein, dann deutete er auf einen schmalen Waldstreifen, der von der Küste bis ins Festland hineinreichte.

»Else Biesenhain ist im Februar gestorben und auf unserem Gottesacker zur letzten Ruhe gebettet worden.« Ein nachdenklicher Ton vibrierte in seiner Stimme, etwas Kehliges und Raues, als er seinen Blick auf das schäumende Meer lenkte.

Eine bedrückende Stille folgte seinen Worten. Stumm sahen ihn alle an. Und dann geschah es. Mitten hinein in das leise Schluchzen der übermüdeten Kinder, in das Rauschen der Brandung und das Kreischen der Sturmmöwen schien es, als würde Elses Lachen wie Perlen hindurchtröpfeln. Fröhlich und spöttisch.

Betroffen hoben die Eheleute den Kopf und lauschten in die aufziehende Dämmerung. Einige Sekunden nur, dann schüttelte Hans Wagenknecht den Kopf, geradeso, als wolle er sich von dem unheimlichen Gefühl, das alle erfasst hatte, befreien. Er streckte den Rücken durch und stieß die Tür mit einem Tritt seines Fußes auf.

»Wir werden eine Kerze für Else anzünden. Das zumindest sind wir ihr schuldig«, keuchte er beim Betreten des Hauses kurzatmig, froh darüber, dass sein entsetztes Gesicht und die Zweifel, die es ausdrückte, von der Dunkelheit des Raumes geschluckt wurden.

*

Von diesem Tag an fand sich Friedrich so oft es ging bei den Neuankömmlingen ein. In den Stunden, die ihm zwischen den Fahrten zu den Fischfanggründen, den Instandsetzungen der Netze und den Tätigkeiten, die sein Leben als Fischer bestimmten, blieben, führte ihn sein Weg hinauf zur Steilküste. Und nicht nur, um die junge Frau wiederzusehen, die sein Herz auf ungewohnte Art und Weise berührte. Er arbeitete gern mit den rührigen Neuankömmlingen, half den Wagenknechts, Elses Haus in einen bewohnbaren Zustand zu versetzen und förderte die Kontakte zu den Einheimischen. Im Laufe der Zeit entwickelte sich so etwas wie eine stille Vertrautheit. Insbesondere die ausgeglichene Art des älteren Mannes hatte es Friedrich angetan. Nicht zuletzt deshalb, weil sie sich von dem cholerischen Wesen seines eigenen Vaters unterschied.

Hans Wagenknecht brachte ihm den fachgerechten Umgang mit Holz bei, eine Fertigkeit, die für den Beruf eines Stellmachers so unumgänglich war, wie für ihn das Wissen über Gezeiten oder lohnende Fischgründe.

Mit grenzenloser Bewunderung blickte Friedrich zu dem Mann auf, unter dessen geschickten Händen das marode Haus zu einem wahren Schmuckstück avancierte. Mit dem hellen Anstrich, dem großzügigen Anbau und einem Dach aus frisch geschnittenem Schilf leuchtete es weit sichtbar hinaus auf das Meer. Für die Einheimischen war es nicht länger das verwunschene Haus der Hexe. Sie nannten es das Leuchtturmhaus und in ihren Worten schwang außer einer gehörigen Portion Erstaunen ebenso viel Respekt vor dem Fremden mit. Dem Stellmacher, der trotz der Unkereien über das Haus und seiner ehemaligen Bewohnerin, nicht gezögert hatte, das gemiedene Anwesen in ein gemütliches Heim für seine Lieben zu verwandeln.

Friedrich freute es, als sich dank seiner Vermittlung zu den Schiffseignern die wirtschaftliche Situation der Handwerkerfamilie verbesserte. Schon bald trudelten bei dem tüchtigen Stellmacher die ersten Aufträge ein. Sein geschickter Umgang mit Rädern, Erntewagen, Kutschen, Schiffsbeplankung, kurz, mit all dem, was sein gefragtes

Handwerk hergab, sprach sich in Windeseile herum. Und nicht nur das. Parallel zum wachsenden Wohlstand der zugereisten Familie schien die auffallend schöne Tochter mehr und mehr zu einer begehrenswerten Partie für die unverheirateten Burschen des Dorfes zu werden.

Eine Tatsache, die Friedrich angesichts der jungen Männer, die plötzlich wie streunende Hunde um das zuvor verpönte Grundstück schlichen, unangenehm aufstieß. Dabei sollte es ihn wirklich nicht kümmern, wenn sie ebenso wie er ihr Glück bei dem entzückenden Mädchen suchten. Warum auch nicht? Im Übrigen war er es gewesen, der sie zuerst entdeckt, dem sie zugelächelt hatte, dem sie heute vertraute. Sie war die Tochter des Mannes, den er achtete, bewunderte und dem er half, Fuß zu fassen. Zweifel waren unangebracht. Marie Wagenknecht würde ihm gehören und es verstand sich von selbst, dass ihm dabei keiner seiner balzenden Freunde in die Quere kommen durfte.

Ab und an spürte er heftige Eifersucht in sich aufwallen, wenn er Marie beim Holzholen begleitete, ihre

Hände aneinanderstießen, sein Blick ihrem begegnete, der einen Hauch Wärme auf ihre Wangen zauberte und die entgegenkommenden Burschen bewog, das Mädchen neben ihm wie dumme Kälber anzuglotzen. Bei diesen Ausflügen klopfte sein Herz besonders heftig, wenn er hinter Marie den Pfad zum Strand hinunterkletterte und seine Augen nicht von ihren schwingenden Hüften, den schlanken Fesseln und dem schimmernden Haar lassen konnte.

Er fühlte sich von Marie magisch angezogen. Elses Fluch bekam für ihn eine ganz besondere Bedeutung. Wollte ihm die alte Frau suggerieren, dass er dieses entzückende Wesen vor einem Schicksal wie dem ihren schützen sollte? Obwohl er nichts auf das Gerede der Dörfler gab, in diesem Fall wünschte er fast, es wäre etwas Wahres daran. Zufälle gab es nicht. Else hatte sie zusammengeführt, damit er Marie Wagenknecht heiraten und lieben konnte. Über irgendeine Verwünschung, die alle männlichen Mitglieder des Dorfes betraf, wollte Friedrich in seiner verliebten Euphorie nicht nachdenken.

Wer ließ sich schon von Gerüchten beeinflussen, von Wellen, die diese geschlagen hatten – höher als der Sturm, der das schäumende Meer gegen die Steilküste trieb?

*

Die Zeit verging und sie brachte es mit sich, dass die zarte Werbung Friedrichs um die Fremde in Else Biesenhains Haus von den heiratsfähigen Dorfbewohnerinnen nicht unbemerkt geblieben war. Empörung machte sich breit, kroch wie Brei in Häuser und Stuben und war für die verschmähten Jungfrauen ein gefundenes Fressen. Selbst wenn sie zugeben mussten, dass diese blonde Hexe auf dem Berg einen ungewöhnlichen Reiz auf die Männer ausübte, so bedeutete es noch lange nicht, ihr das unbestellte Feld tatenlos zu überlassen. Einer Zugereisten, die das Herz des gefragtesten Junggesellen scheinbar mühelos eroberte? Unverschämtheit! Das Gerede nahm kein Ende.

Keine wollte sich vorstellen, wie dieses schüchterne Mädchen zu ihrem Seemann, ihrem Friedrich, ihrem Burschen mit dem selbstsicheren Auftreten und dem unvergleichlichen Charme passen sollte.

Besonders der glutäugigen Stine Hansen war das Mädchen in dem Haus auf den Klippen ein Dorn im Auge. Sie beschloss, dieser empörenden Entwicklung, die ihren Vorstellungen von Friedrichs Ring an ihrem eigenen Finger so unverschämt konträr begegnete, bereits im Keim zu ersticken.

»Was wissen wir eigentlich von dieser Marie Wagenknecht«, wandte sie sich eines Tages an ihre Freundin Lene. Einem unscheinbaren Mädchen mit kantigem Gesicht, dünnem Haar und einem Blick, der sich mit bedingungsloser Ergebenheit auf sie richtete, während sie auf der Bleiche die gewaschenen Tücher reckten und zusammenlegten.

»Wie meinst du das?«

»Na, wie ich's doch sage, Dummerchen.« Stine schnaufte belustigt, wobei sie den Ausdruck im Gesicht ihrer Begleiterin nachsichtig ignorierte und ihre schwarzen Haare mit einer Bewegung ihres Kopfes über die Schultern warf. »Wir kennen diese Marie, was - weiß – ich – denn - doch gar nicht. Nicht zu fassen, was Friedrich an so einer findet, einer Fremden, die nicht zu uns gehört. Obwohl - dagegen ist eigentlich nichts einzuwenden«, setzte sie nach einer kurzen Pause hinzu, erschrocken darauf bedacht, bloß kein Erkennen über ihre wütende Eifersucht bei Magdalene zu provozieren. »Männer sind dumm, verstehst du Lenchen? Sie denken nicht wie wir. Eher damit.« Sie deutete zwischen ihre Beine und grinste anzüglich, ohne Lenes fehlender Reaktion Beachtung zu schenken. »Da muss man manchmal auf sie aufpassen.«

Hartnäckig setzte sie ihren Monolog fort und warf dem Mädchen, das mit offenem Mund genau den Zustand verkörperte, den sie zuvor allen Männern zugedacht hatte, den Zipfel eines Lakens zu. »Wir wollen doch nicht, dass Friedrich in sein Unglück rennt. Immerhin ist er für uns wie ein Bruder. Da würdest du auch nicht zögern, ihn vor Unheil zu bewahren, oder?«

Stine hob den schweren Korb an und stöhnte innerlich. Es würde ein schweres Stück Arbeit mit diesen einfältigen Gänsen und dem notwendigen Geplapper werden, viel schwerer, als sich der Korb mit der Wäsche anfühlte. Natürlich gehörte Magdalene zu dem Kreis junger Frauen, die sich um sie scharen durften. Sorgfältig ausgesucht, anstellig und nützlich, wenn es sein musste und ohne einen Hauch von Konkurrenz für sie. Und ausnahmslos unter ihrem gesellschaftlichen Rang, der ihr als Tochter eines Kapitäns zur See zustand. Dabei kosteten sie diese ›Freundinnen‹ kaum etwas. Hin und wieder eine kleine finanzielle Zuwendung, ein hübsches Kleid, ein billiges Geschmeide, eine Einladung in gehobene Kreise. In wenigen Wochen würde sie ihren zwanzigsten Geburtstag begehen und diese Damen um sich versammeln. Spätestens dann sollte sie einen Ring an ihrem Finger und den dazugehörigen Mann vorweisen können. Friedrich Jäger, den einzigen, den sie wollte.

Stine stöhnte wollüstig, drückte das Korbgeflecht an ihren kribbelnden Bauch und strich sich unauffällig über ihren Busen. Hach, sie kannte sich mit den Freuden der fleischlichen Liebe aus. Mit der Lust der Männer. Ihre bereits vor Jahren verlorene Unschuld kümmerte sie wenig. Was soll´s. Friedrich war auch nur ein Mann. Er würde nichts merken, dafür war sie gewitzter als andere Weibsbilder. Ein wenig Schweineblut, einige spitze Schreie - Stine kicherte in sich hinein. Den Unterschied zu dieser schmalbrüstigen, blonden Hexe auf der Klippe wollte sie Friedrich schon spüren lassen. Es gab wirklich mehr zwischen Himmel und Erde, als Wäsche zu falten oder trüben Gedanken nachzuhängen.

Mit festem Griff umspannte sie den runden Griff der Tür, die in den Hof führte, drückte ihre Hüfte dagegen und winkte Lene zum Abschied zu. »Bis morgen«, rief sie fröhlich, wobei sie gleichzeitig daran dachte, wie großartig dieses schlichte Mädchen zu ihrem Vorhaben passte. »Du wirst mir gehören, Friedrich Jäger«, flüsterte sie erregt und presste ihre Lippen aufeinander. »Übermorgen, spätestens übermorgen!«

*

Bislang war Friedrich der Umgang mit liebestollen Weibern erspart geblieben. Bei keinem der jungen Mädchen, die ihn anhimmelten, hatte er deren Gefühle erwidert oder sie in irgendeiner Weise bestärkt. Für ihn gehörten sie zu seinem Dorf wie die Väter zu den Booten oder die Mütter mit ihren Sorgen an den Herd. Er war mit ihnen aufgewachsen, sie hatten gemeinsam die Gegend unsicher gemacht, behutsam ihre Körper erkundet und sich verwirrt in erster sexueller Erregung zurückgezogen. Er kannte die Eltern der Mädchen und Jungen, bekam die Auseinandersetzungen in den Familien mit, wurde über die Kneipengänge der Väter unterrichtet, die Anzahl des neu gekauften Viehs, die Sterbefälle, die Geburten, die Ehebrüche oder andere verbotene Dinge. Jeder kannte jeden, nichts blieb verborgen, nichts unbeobachtet. Immer seltener wurden Ehen untereinander geschlossen. Den Reiz des Neuen, Unbekannten, der in den meisten Fällen für eine Liebesbeziehung unabdingbar war, den gab es nicht.

Mit Sicherheit wäre er über den Briefverkehr, der zwischen Kapitän Hansens Haus und einem jungen Mann im Wittenbergischen stattfand, entrüstet gewesen. Seine gutmütige Gleichgültigkeit gegenüber der Kapitänstochter in Hass umgeschlagen, bekäme er Kenntnis von Stine Hansens perfidem Plan.

Gut, daran würde die dralle Brünette keinen Augenblick zweifeln. Hatte sie doch aus Angst vor zu viel weiblichem Mitteilungsbedürfnis lediglich die einfältige Lene in ihr Vorhaben eingeweiht und ihr drei Tage später einen Text in die Feder diktiert, einen Brief verfasst, der den verhängnisvollen Stein in dieser Geschichte noch vor dem Heiligen Abend ins Rollen bringen sollte.

*

Die Wochen verstrichen und als der Wind kleine Haufen raschelnder Blätter über den Strand schob und die Öfen in den Stuben eine behagliche Wärme verströmten, wusste Friedrich Jäger, dass er sich rettungslos in Marie verliebt hatte. Das anfängliche Gefühl, das ihm mit einer verwirrenden Geschwindigkeit den Boden unter den Füßen weggezogen hatte, war einer aufrichtigen Zuneigung gewichen. Er liebte die scheue Zutraulichkeit, die ihm die junge Frau entgegenbrachte, ihre unschuldige Sinnlichkeit, die sein Gemächt anschwellen und ihn schmerzhaft spüren ließ, wie sehr er sie begehrte. Schon allein deshalb achtete er darauf, Maries untadeligen Ruf nicht zu gefährden.

Trotz der Spaziergänge am Strand, den gemeinsamen Arbeiten am Haus oder den Einkäufen, die hinunter in das Dorf oder in die nahe gelegene Stadt führten, blieb er niemals mit Marie allein. Entweder begleitete sie Hans

Wagenknecht persönlich oder eines der jüngeren Geschwister klebte wie Pech an Maries Rockzipfel. Ihre Gespräche hätte er als sachlich und nüchtern bezeichnen können, wären da nicht die verstohlenen Blicke und die scheuen Berührungen ihrer Hände gewesen, die sein Herz aus dem Takt brachten und ihn sicher sein ließen, dass Marie seine Gefühle erwiderte.

Es war an einem sonnigen Novembertag, als ein Trupp Schausteller Buden aufstellte und ein großes Zelt auf dem Marktplatz errichtete. Friedrich fiel auf, dass nicht nur Maries kleiner Bruder staunend das ungewohnte Treiben beobachtete, sondern dass auch Marie sehnsüchtig auf das Plakat starrte, das mit großen Lettern zu einer abendlichen Tanzveranstaltung in der luftigen Halle einlud. Ihre herrlichen Augen, die ihn so manches Mal fast um den Verstand brachten, schienen ihm an diesem Nachmittag irgendetwas zu signalisieren. Behutsam legte er eine Hand auf ihre Schulter, drehte sie zu sich herum und erwiderte ihren fragenden Blick voller Wärme.

»Würdest du gern mit mir dorthin gehen, Marie? Gleich heute Abend? Zum Tanzen?« Seine Stimme klang rau und tiefer als gewöhnlich, zitternd vor unterdrückter Hoffnung, bis Marie nach kurzem Zögern zu ihm aufblickte, heftig nickte und ihren Blick in seinen tauchte.

»Ja, sehr gern, Friedrich, obwohl ...«, verlegen presste sie einen Finger auf ihre Lippen, »obwohl ich noch nie mit einem Mann ausgegangen bin ... und tanzen kann ich auch nicht und ... Vater, was wird Vater dazu sagen?« Zweifelnd verzog sie ihr Gesicht, während ihr Blick sehnsüchtig zu den Schaustellern glitt, die ihre Waren auslegten und ihr zuwinkten.

Friedrich folgte ihrem Blick und runzelte die Brauen. Hastig schob er seine breiten Schultern zwischen Marie und die bewundernden Blicke der fröhlichen Truppe, ergriff ihre Hände und zog sie zärtlich an seine Brust. Seine Geste hatte trotz der Freude, die aus seinen Augen leuchtete, etwas Zwingendes, Beherrschendes. Geradeso, als wolle er den unfreiwilligen Gaffern seinen

Besitzanspruch demonstrieren, ihnen verkünden, dass dieses zauberhafte Wesen ihm gehörte.

»Darüber musst du dir wirklich keine Gedanken machen«, sagte er hastig, strich mit seinem Daumen über ihren Handrücken, bevor er ihre Hände freigab, nach dem Korb griff und ihrem Bruder zunickte. »Lass mich nur machen. Vorerst ist es Zeit, den Heimweg anzutreten. Die Sonne steht schon tief.« Friedrich deutete auf den schmalen Sonnenkranz, der hinter den Tannen hervorlugte, legte seine Hand an Maries Rücken und schob sie zum Marktausgang. »Es wird ein wundervoller Abend werden und Hans weiß, dass er mir vertrauen kann. Niemand wird besser auf dich achtgeben, als ich, Marie. Versprochen.«

*

Auf dem Heimweg war Marie wie ausgewechselt. Sie scherzte mit Friedrich, war fröhlich und ausgelassen, spielte Fangen mit ihrem kleinen Bruder und blickte

Friedrich so tief in die Augen, dass ihm vor Glück schwindelig wurde. Als sie den Jungen an die Hand nahm und neben ihm den staubigen Pfad zum Haus hinaufstapfte, begann sie mit ernstem Gesicht von ihrer Heimat zu berichten. Von den hohen Bäumen und den rauschenden Kronen in den undurchdringlichen Wäldern, von ihrer glücklichen Kindheit und dem plötzlichen Tod der Mutter, als einer der Bäume beim Fällen in die falsche Richtung stürzte und sie unter sich begrub. Sie erzählte von Hanna, der wesentlich jüngeren Frau, die der Vater kurz nach dem Unglück in sein Haus holte, wohl um der erdrückenden Schuldenlast am Tod der Mutter zu entrinnen, wie sie vermutete, oder um den verwaisten Kindern eine Ersatzmutter zu geben.

»Willst du damit sagen, dass dein Vater deine Stiefmutter nur aus praktischen Erwägungen heraus geheiratet hat?« Friedrich blieb stehen und blickte Marie sprachlos an. »Aber du hast Geschwister. Halbgeschwister. Da muss er doch …« Friedrich räusperte sich verlegen, als er bemerkte, wie Marie errötete und den Kopf schüttelte.

»Nein, natürlich nicht. Sicher mag er sie. Auf seine Weise. So, wie ein Mann seiner Frau zugetan sein muss, wenn Kinder gezeugt werden, denke ich.« Unsicher blickte sie ihn an. »Nur, seit Mutters Tod ist er verändert. Er lacht nicht mehr wie früher, sondern versinkt in tagelang andauernder Schwermut.«

Gedankenverloren blickte Marie zu einer Gruppe schlanker Kiefern, deren Stämme vom Wind gebeugt in eine Richtung wuchsen. »Ich war erst acht Jahre alt und trotzdem kann ich mich ganz genau an diesen schrecklichen Tag erinnern. Auch an die unwichtigen Dinge, die merkwürdigerweise in meinen Erinnerungen haften geblieben sind. Die überkochende Milch, den Topf, den niemand vom Feuer zog. Ich höre es zischen und rieche den verbrannten Schaum, während Vater mit Mutter auf den Armen ins Haus läuft. In meinen Träumen sehe ich ihre stumpfen Augen, weit aufgerissen und glasig. Haare, die über den Boden schleifen und

Arme, die an ihrem Körper wie bei einer Puppe schlenkern. Ich höre das Kläffen unseres Hundes, sein Winseln in dem Moment, als meine kindliche Seele begreift, dass etwas Schreckliches passiert sein muss und ich schreiend ins Haus stürze. Dabei möchte ich ihn vergessen, diesen Tag, weil er unser Leben verändert hat.«

Marie hob den Kopf und Friedrich konnte die Verzweiflung spüren, die Trauer in ihren Augen nachvollziehen, das Entsetzen eines Kindes, das sich nie von diesem Schock erholt hatte.

»Was ist, wenn es Vater ebenso ergeht? Wenn ihn seine Gedanken nicht zur Ruhe kommen lassen, egal wie sehr er sich müht, trotz der Jahre, die seitdem vergangen sind?« Marie schluchzte auf und Friedrich sah die Tränen, die ihre Wangen netzten.

Abrupt blieb er stehen, zog sie in seine Arme und streichelte über ihr dichtes Haar. Sie war so nahe, dass ihm der Atem stockte und er sekundenlang befürchtete, abgewiesen zu werden. Aber Marie tat nichts dergleichen. Stattdessen ließ sie ihren Kopf an seine Schulter sinken und vergrub ihre nassen Wangen in den Falten seines Hemdes. Ihre Worte kamen stockend und leise.

»Es war ein schöner Tag, die Temperaturen ungewöhnlich mild. Ich suchte im nahen Wald nach Früchten zum Verzehren. Ich hörte den Wind durch die Kronen der Bäume streichen, die Blätter berühren, sanft und zärtlich. Das Laub raschelte zu meinen Füßen und die Vögel zwitscherten, als wäre es Sommer und nicht bereits Herbst. Die Luft roch intensiv nach den harzigen Stämmen, nach dem feuchten Moos und den Himbeeren, die rot und saftig in meiner Hand lagen. Plötzlich sah ich Vater aus dem Haus stürzen und in den Wald rennen. Wütend und aufgebracht. Zumindest vermutete ich das damals, weil mich seine Miene furchtbar erschreckte, sodass die Beeren aus meiner Hand zu Boden fielen. Nur wenig später ist ihm Mutter gefolgt. Ihre Haare waren zerzaust, ihre Augen dunkel und das Gesicht gerötet vor Aufregung. Noch heute sehe ich den verzweifelten

Ausdruck in ihrer Miene, für einen Moment, der mich zutiefst verstörte und von dem ich unmittelbar danach wusste, dass er mich bis an das Ende meines Lebens verfolgen würde.« Marie stöhnte und schloss die Augen.

»Angeblich hat er Mutter nicht bemerkt, so erbittert, wie er auf den Baum eingeschlagen haben will, der umstürzte und sie erschlug. So haben es die Ordnungshüter erklärt, die tagelang um unser Haus herumschlichen und alles schlimmer machten. Es war ein Unglück, meinten sie zum Abschluss ihrer Ermittlungen und Vater müsse nicht ins Gefängnis. Warum auch. Es wäre unnötig gewesen.«

Marie hob den Kopf, glitt einen Schritt zurück und lächelte gequält. »Seitdem ist er in seiner grenzenlosen Reue gefangen, die ihn verzweifeln lässt und mir Angst macht, wenn er vom Tod als Ausweg spricht. Dabei sind solche Gedanken Sünde. Aber in den Augenblicken kann ich ihn nicht erreichen, er hadert mit Gott, der ihm Mutter genommen hat und gibt sich die Schuld an ihrem Tod.«

In Gedanken versunken blickte Marie ihrem Stiefbruder hinterher, der gelangweilt von den Gesprächen der Älteren vorausgelaufen war, durch das spröde Unterholz der Baumgruppe kroch und mit einem Pilz in seinen verklebten Händen zurückkehrte. Zärtlich strich Marie ihm das verschwitzte Haar aus der Stirn, drückte ihn an sich und seufzte erneut.

»Ach, Friedrich, Vater wird diesen persönlichen Kerker nie mehr verlassen, daran werden weder Hanna noch die beiden Kleinen etwas ändern, fürchte ich.«

»Nein, das glaube ich nicht. Bestimmt wird er sich erholen«, erwiderte Friedrich leise. »Du machst dir zu viele Gedanken um Hans. Vergiss nicht, du warst noch ein Kind, als deine Mutter starb. Das steckt man nicht so einfach weg.« Nachdenklich blickte er Marie an, dann ergriff er ihre Hand und drückte sie an seine Lippen. »Kann es sein, dass du von seiner Unschuld ebenso wenig überzeugt bist wie er selbst?«

Seine Miene wurde bittend, als Marie abrupt ihre Hand zurückzog und die Lippen aufeinanderpresste.

»Himmel, nein, versteh mich nicht falsch, Marie, aber für mich fühlt sich das Arbeiten mit ihm genauso richtig an, wie deine Hand zu halten oder in deine wunderschönen Augen zu blicken. Liebende streiten sich hin und wieder, das kommt vor und wird bestimmt nicht nur die Schuld deines Vaters gewesen sein.« Friedrich lächelte befreit, als Marie den Kopf senkte und duldete, dass er sie an sich zog.

»Glaube mir«, keuchte er, weil er ihren bebenden Herzschlag nahe an seinem verspürte, den Duft ihrer Haare atmete und das Pulsieren in seinen Lenden fühlte. »Dein Vater ist ein fleißiger Mann, der aus Elses morschem Häuschen ein schmuckes Heim geschaffen hat. Für Hanna, für deine beiden Geschwister, für dich, Marie, aber letztendlich auch für sich selbst. Er hat bei uns ein neues Zuhause gefunden. Der Wind und das Meer werden ihm helfen, irgendwann die Vergangenheit hinter sich zu lassen.«

Friedrich schwieg und atmete heftig. Dann legte er einen Finger unter Maries Kinn, hob ihren Kopf an und drückte seine Lippen sanft auf ihren Mund. Zärtlich und keusch, bis er merkte, wie sich ihre Lippen öffneten und sie seinen Kuss neugierig erwiderte. Er stöhnte auf, presste sie an sich und schob seine Zunge in ihren Mund. Er küsste sie wie ein Verdurstender. Wild und ungestüm.

Erst als er sich nicht mehr beherrschen konnte, das scheinbar willige Mädchen an den Stamm einer Kiefer drückte, seine Knie zwischen ihre Beine schob und ihren Rock hinaufstreifte, schien ihr bewusst zu werden, was geschah.

Marie löste ihre Lippen von seinen, schüttelte den Kopf und schob Friedrichs Hand von ihrem bestrumpften Oberschenkel. Ihre Augen waren geweitet, dunkel wie das aufgewühlte Meer bei Sturm, als sie stumm, aber entschieden ihren Rock glättete.

Friedrich bebte vor unterdrücktem Verlangen. Er sah ihre geröteten Wangen, ihre hellen Flechten, die zerzaust ihr Gesicht umspielten, Lippen, die von seinem Kuss in der Sonne schimmerten und nie war ihm ein Weib begehrenswerter erschienen. Marie erinnerte ihn an einen

Engel und es kostete ihn beachtliche Mühe, sich nicht einfach zu nehmen, was vielleicht ein anderer an seiner Stelle getan hätte.

Hastig griff er nach ihren Händen. »Marie, ich …«

»Nein, Friedrich, das dürfen wir nicht tun. Vorher musst du den Vater fragen … und mich … und noch einen Mann in meinem Leben, der mir sehr viel bedeutet.« Sie zog ihre Hände aus seinen und strich ihrem Stiefbruderüber den Kopf, als er sich mit einem Stock in den Händen und mit finsterem Blick vor Friedrich aufbaute.

»Vater hat gesagt, dass ich auf Marie achtgeben und ihm berichten soll, wenn du sie anfasst. Ich wollte nicht glauben, dass du das tun würdest, weil ich dich nett finde. Aber du bist noch viel grausamer. Du wolltest sie fressen!«

Dem sechsjährigen Anton stiegen Tränen der Empörung in die Augen, als Friedrich und Marie gleichzeitig losprusteten. Beleidigt verzog er das Gesicht und lief davon.

»Da siehst du, was wir angerichtet haben.« Lachend blickte Marie Friedrich an, dessen breites Grinsen bis zu den Ohren reichte. Seine dunklen Augen blickten so verlangend, als wolle er auf der Stelle Antons Vermutung wahr machen.

Marie drückte seine Hand. Ihre Finger glitten wie selbstverständlich in seine. Friedrich seufzte. Es fühlte sich gut an. Warm und sicher.

»So ist das in unserer Familie, Friedrich«, erklärte sie, während sie ihre Schritte beschleunigte, um ihren kleinen Bruder nicht aus den Augen zu verlieren. »Die Jungen in unserer Familie achten von jeher auf ihre Schwestern, egal wie alt sie sind.« Sie berichtete ihm von dem vierten Mann in ihrem Leben, ihrem drei Jahre älteren, leiblichen Bruder Wilhelm und von dessen Weigerung, in das Haus der Stiefmutter zu ziehen.

Marie verhielt den Schritt, strich eine Haarsträhne aus ihrem Gesicht und starrte stumm das Haus an, das weiß und leuchtend zwischen den Bäumen auftauchte.

Friedrich hatte die Trauer in ihren Worten gespürt. Es musste ein tiefes Band der Zuneigung sein, das Marie, selbst über eine weite Entfernung hin, mit ihrem Bruder verband. War das unter Geschwistern so üblich? Friedrich konnte das nicht nachvollziehen, er war zum Kummer seiner Eltern ein Einzelkind geblieben und geschwisterliche Liebe kannte er demzufolge nicht. Trotzdem. Nachdenklich runzelte er die Stirn. Irgendetwas gefiel ihm daran nicht. Oder wie sonst sollte er das dämliche Gefühl deuten, das ihn plötzlich erfasste? War es Neid, der wie Galle in ihm hochkochte und geradezu empörend in ihm zu brodeln begann? Missgönnte er dem unbekannten Bruder dieses liebevolle Gefühl? Herrgott, sie war seine Schwester! Was war nur mit ihm los?

Er drückte Maries Hand so heftig, dass sie erschrocken zusammenzuckte und ihm verwirrt den Kopf zuwandte. Trotz der kühlen Luft standen Schweißperlen auf seiner Stirn. Er kniff die Lippen zusammen und zog die Luft in seine Lungen. Himmel noch mal! Er war eifersüchtig.

Zweifellos. Auf den Bruder! Verblüfft ließ er Maries Hand los und versuchte ihrem forschenden Blick auszuweichen. Es stimmte, er musste endlich Nägel mit Köpfen machen, ansonsten würde ihm die Sehnsucht nach diesem herrlichen Geschöpf den Verstand rauben.

»Ich rede mit Hans«, stieß er hervor, legte einen Arm um Maries Taille und schob sie demonstrativ an Antons misstrauischen Blicken vorbei zur Haustür. »Natürlich nur, wenn es dir recht ist.« Er räusperte sich und zog sie heftig an sich. »Heirate mich, Marie Wagenknecht«, flüsterte er mit verzweifelter Intensität in ihre Halsbeuge. »Lass uns gemeinsam bis ans Ende unserer Tage gehen. Bitte. Sag nicht nein.«

Friedrichs Stimme zitterte und seine Augen suchten ihren Blick, als sie den Kopf hob und ihn mit brennenden Wangen anlächelte. »Nein.«

»Nein?« Friedrich spürte, wie ihm die Stimme entglitt, spröde und krächzend wurde. »Nein? Du sagst nein?« Fassungslos starrte er sie an. Sollte er sich so sehr getäuscht haben?

Aber sie hatte seinen Kuss erwidert. War es das grausame Spiel eines kleinen Mädchens, eine übermütige Geste aus einer dummen Laune heraus gewesen? Hielt sie ihn zum Narren? Er trat einen Schritt zurück. Stumm glitt sein Blick über ihr Gesicht, forschend und krampfhaft hoffend, dass er sich irren möge. Er sah das Lächeln auf ihrem Antlitz, die Grübchen, die sich kleinen Kobolden gleich neben ihren Mundwinkeln angesiedelt hatten. Und er begriff. Verdammt, Friedrich Jäger. Das Weib lacht dich aus!

Bevor er protestieren konnte, spürte er ihre Hand auf seinem Mund, ihren Körper, der sich zärtlich an seinen schmiegte.

»Pst! Du hast mich gebeten, nicht nein zu sagen und das habe ich getan. Nein, Friedrich Jäger, nein, nein, nein. Ich sage nicht *nein.*«

Marie prustete entzückt, deutete auf die angelehnte Stubentür, hinter der Stimmengewirr zu vernehmen war, und legte einen Zeigefinger auf ihre Lippen. »Selbst wenn es der unmöglichste Ort für einen Heiratsantrag ist, Friedrich Jäger. Aber ja, ich will dich auch«, raunte sie ihm zu. »Ich …«

Friedrich griff hastig in ihr dichtes Haar, zog ihre Lippen auf seine und verschloss ihren Mund mit einem langen Kuss. Und jetzt war er sich sicher, dass sie ihn erwiderte, leidenschaftlich, ungeübt, aber mit einer Verheißung, die ihm vor Freude den Atem raubte.

*

Aufgeregt saß Marie wenige Stunden später an einem der eng beieinanderstehenden Tische und blickte mit großen Augen um sich. Petroleumlampen schwangen an Seilen, die kreuz und quer unter dem Dach des Zeltes gespannt waren und den Raum in ein unstetes Licht tauchten. Ab und an erfasste eine Windböe die Zeltplanen, bauschte sie unter dem Knarzen des schweren Holzgestänges ballonartig auf, ließ die Dochte in den schlichten Metallbehältern flackern und die weiblichen Gäste in angsterfüllte Schreie ausbrechen.

Auch Marie hob bei einer der launigen Windattacken erschrocken den Kopf und blickte ihren Begleiter verunsichert an.

Friedrich schüttelte beruhigend den Kopf, wobei ein amüsierter Zug um seine Lippen flatterte, als er seine breite Hand auf ihre schmale legte, sie an seine Lippen zog und jeden Finger einzeln mit einem Kuss bedachte.

»Keine Angst, liebste Marie. Der Wind gebärdet sich hier oben häufig recht ungezogen, das ist etwas anderes als unten im Tal zwischen den Häusern, die dicht gedrängt stehen. Vor allem dann, wenn er auflandig daherkommt. Darauf sind die Schausteller eingerichtet. Sie sorgen mit Sicherheit dafür, dass alles an seinem Platz bleibt.« Friedrich lachte leise, sprang auf und deutete auf die kleine Bühne mit den drei Musikanten, die ihre Ziehharmonikas schulterten und aufmerksam zu ihrem vierten Mann blickten. Der Pianist hob den Kopf und nickte.

»Sieh nur. Gleich geht es los.« Friedrich legte eine Hand um Maries Taille und zog sie zu sich hoch. Dabei beugte er seinen Kopf und ließ seine Lippen unauffällig über ihre Halsbeuge gleiten.

»Wir wollen den Anfang nicht verpassen, keine Sekunde an diesem Tag.« Seine Stimme klang rau und erwartungsvoll, sein Atem war heiß und fremd für Marie.

Sie nickte beklommen und blickte in seine dunklen Augen, die im diffusen Licht der Öllampen schwarz wie Tinte schimmerten. Sie spürte, wie sich ihr Herzschlag beschleunigte. Eingeengt flatterte wie ein Vogel, der sein Gefängnis verlassen wollte. Sie würde ihn nicht enttäuschen. Sie lehnte ihren Kopf an seine Schulter und lächelte verträumt. Friedrich. Ihr Friedrich. Es war ein wundervoller Tag. Nichts würde ihn verderben können. Ihre Angst vor dem fauchenden Sturm da draußen war lächerlich. Was sollte ihr schon passieren, beschützt von einem Mann wie ihrem Bräutigam? Stark, kräftig, unerschrocken. Sicher dachte der Vater ebenso darüber. Ihr Herz hüpfte vor Freude, wenn sie in Friedrichs Gesicht blickte, in seine funkelnden Augen, wenn sich ihre Blicke trafen. Sie konnte es kaum glauben, dass dieser stattliche Mann tatsächlich beim Vater um ihre Hand angehalten hatte.

Nie würde sie diesen sonnigen Herbsttag vergessen, an dem sie mit ihrer Familie hier angekommen war und Friedrich ihren Weg gekreuzt hatte. Viel war seitdem passiert. Geheimnisvolle, betörende Dinge, die es nach ihrer Meinung höchstens im Traum gab. Vielleicht war es das vollkommene Glück, wenn das Herz zum Bersten voll schien, wenn der Atem stockte, weil sich der Blick in dem des Geliebten verlor und der Wunsch, seine Lippen in einer zärtlichen Liebkosung zu spüren, übermächtig wurde? Wie schrecklich musste das Gefühl sein, wenn alles zerbrach.

Ihr Blick irrte zu den Musikern, erfasste das kleine Podest und die maroden Kisten, aus denen es errichtet war. Wie leicht konnten sie umstürzen, zu Bruch gehen wie das Glück, das man nicht festhalten konnte. Für einen winzigen Moment fühlte sie einen Schmerz wie beim Tod der Mutter. Nie wieder wollte sie so etwas erleben. Verwirrt holte sie Luft und tastete nach Friedrichs Hand. Gehörten die Liebe und die Angst vor ihrem Verlust so eng zusammen, dass bereits der Gedanke daran die Brust zusammenschnürte? War es das unsichtbare Kreuz, das dem Glück zu folgen schien, oder die geheimnisvolle Dunkelheit, die Tag für Tag mehr von dem Tageslicht schluckte, die Nächte länger werden ließ und eine Melancholie erzeugte, die den stillen ruhigen Wintermonaten vorauseilte?

Marie spürte Friedrichs Hand, die Wärme und den Druck, der alle trüben Gedanken verscheuchte. Sie freute sich auf das Fest zu Christi Geburt. Es würde das schönste in ihrem Leben werden, da war sie sich sicher. Sie sah den Weihnachtsbaum, die Wachskerzen und die Kugeln vor sich, eine glänzende Kostbarkeit, die der Vater vor einigen Jahren bei einem Händler erstanden und ihrem Bruder und ihr ein jauchzendes Entzücken beschert hatte. Sie meinte, das Aroma der gebackenen Pfeffernüsse auf der Zunge zu spüren, den unbeschreiblichen Duft zu riechen, der bereits Wochen vor dem Fest durch das Haus zog. Sie erinnerte sich an den Weihnachtsbraten, der jedes Jahr von der Mutter zubereitet wurde - bis zu dem Zeitpunkt, wo es nicht mehr so war. Weil sie nicht mehr war.

Marie starrte in eine der flackernden Petroleumlampen. Der robuste Blechkörper schaukelte hin und her, tauchte Tische, Stühle und erwartungsfrohe Gäste in Licht und Schatten, nahm Konturen auf und verlor sie wieder. Alles änderte sich. Bislang konnte sie sich das Leben als Friedrichs Ehefrau kaum vorstellen.

Ein Lächeln huschte über ihr Antlitz. Sie dachte an die beiden Männer, an die Selbstverständlichkeit, mit der ihr Vater einwilligte, als Friedrich stotternd um ihre Hand angehalten hatte. Es gab keine Überraschung in seiner Miene. Im Gegenteil. Geradeso, als hätte er nichts anderes von Friedrich erwartet. Und wie zufrieden sein Blick auf Hanna lag, als diese ihm zunickte. Vielleicht war ihre Verbindung nicht nur der Vernunft geschuldet? Was wusste sie schon von der Liebe zwischen Mann und Frau? Wie gern würde sie ihre Mutter fragen. Von Hanna fühlte sie sich bisweilen wie eines ihrer jüngeren Stiefgeschwister behandelt. Dabei war sie mittlerweile eine junge Frau, die von einem Mann geliebt und begehrt wurde. Das spürte sie jeden Tag aufs Neue. Wie sonst sollte sie dieses wundervolle Kribbeln im Bauch deuten, wenn sich Friedrichs Blick in ihren senkte, wenn er sie heftig an sich presste und schwer atmend freigab? Blieb das ein Leben lang so? Nun, sie würde es herausfinden. Natürlich hatte ihre Stiefmutter niemals mit ihr über das gesprochen, was zwischen Eheleuten passierte, wenn Kinder gezeugt wurden. Darüber sprach man nicht. Schon gar nicht, wenn es den eigenen Mann und den Vater der Stieftochter betraf. Ein wenig fühlte sie sich wie Anton, der Friedrich mit runden Augen anstarrte, ratlos und unwissend. Nur unzufrieden wie der kleine Stiefbruder war sie nicht.

Lächelnd legte sie ihre Hand auf Friedrichs Schulter, spreizte die Finger und betrachtete liebevoll den goldenen Reif, der sich wie ein Versprechen um ihren Ringfinger schloss. Heute schien der Tag wie das Gold an ihrer Hand zu funkeln. Sie war Friedrichs Braut und in der Heiligen Nacht würde sie seine Frau werden. Der Vater hatte den Termin vorgeschlagen und sie war ihm dankbar um den Hals gefallen. Das schönste Fest des Jahres sollte gleichzeitig ihr Hochzeitstag werden. In dem Moment liebte sie ihren Vater fast ebenso heftig wie ihren Friedrich.

Mit einem gewaltigen Tusch und einer schwungvollen Melodie eröffneten die Musiker unter dem Jubel der Anwesenden das Fest. Friedrich ergriff ihre Hand und zog sie auf die knarrende Tanzfläche. Entsetzt blickte sie ihn an. »Es geht nicht, ich kann das nicht und …«

Lachend unterbrach Friedrich ihren Protest, packte ihre Taille und wirbelte sie über die Bretter.

Ungeschickt versuchte Marie, ihre Füße zwischen seine zu setzen, seinen Schritten zu folgen, um dann den Blick zu senken, weil sich alles beschämend unbeholfen anfühlte. Aber Friedrich grinste nur, zog sie fester an sich, raunte zärtliche Worte in ihr Ohr und schob sie über die Tanzfläche.

Sie spürte seine Blicke, als er ihr Seidenkleid mit den vielen Knöpfen an der Halspartie, den weißen Spitzenkragen und den schmal geschnittenen Ärmeln, die sich eng um ihre Handgelenke schmiegten, musterte.

Ihre Gedanken gingen auf die Reise und

sie lächelte wehmütig. Ihre Stiefmutter hatte das Kleid aus einer großen Truhe hervorgezogen und ihr überreicht, als Friedrich von dem geplanten Tanzvergnügen in dem Festzelt der Schausteller berichtete. Es hatte ihrer Mutter gehört. Genau genommen war es vor vielen Jahren von ihrer Großmutter aus gleichem Anlass für die Mutter geschneidert worden. Sie hatte es zur Verlobung mit ihrem Vater getragen. Noch immer haftete dem Kleid ein überwältigender Geruch an, vertraut und intensiv, dass Marie meinte, die Hand der Mutter zu spüren, die zärtlich durch ihr Haar glitt und ihre Wange berührte. Tränen waren ihr in die Augen gestiegen, als sie das

Kleid übergestreift und den bewegten Ausdruck im Gesicht des Vaters gewahrt hatte. Trotz aller traurigen Erinnerungen hatte es sich wundervoll angefühlt. Das Kleid passte perfekt und als der Vater seinem zukünftigen Schwiegersohn auf die Schulter hieb, hatte sie ihm dankbar zugelächelt.

Außer einem Kleid aus dünnem Tuch und diversen praktischen Röcken und Blusen gab es in ihrer Garderobe wahrlich nichts Aufregendes. Trunken vor Glück hatte sie sich vor den Eltern, vor Friedrich und den staunenden Geschwistern gedreht und den Rocksaum um ihre schlanken Fesseln spielen lassen. Und nachdem Friedrich einen Ring aus der Hosentasche gezaubert und über ihren Finger gestreift hatte, konnte sie das Schluchzen nicht mehr unterdrücken.

Sie schrak auf, als die Musiker den Takt wechselten, nach *Paul Linkens* ausgelassenen Melodien einen Walzer aus der Operette *Die Csardasfürstin* intonierten und Friedrich sie heftig herumschwenkte. Sie spürte seine Hände, die ihre Haare liebkosten, ein glänzendes

Ergebnis ihrer Kräutermischung, die sie in das Spülwasser gegeben hatte. Marie lächelte glücklich, als ihr Friedrich Komplimente ins Ohr flüsterte und sie mit stolzgeschwellter Brust durch die tanzenden Paare dirigierte. Unter den Blicken der Burschen, die sie angafften und Friedrichs Unwillen hervorriefen, wenn sie seine zusammengeschobenen Augenbrauen richtig deutete. Sie legte ihre Hand auf seine Schulter, strich beruhigend darüber, bis die Falten auf seiner Stirn verschwanden und ihre Blicke ineinander versanken.

Die Musik endete mit einem sanften Ton. Galant verbeugte sich Friedrich vor Marie und führte sie zurück an ihren Tisch. Erhitzt, mit geröteten Wangen, blitzenden Augen und zerzausten Haaren ließ sich Marie auf ihren Stuhl fallen. Sie sah hinreißend aus und Friedrich blickte sie fasziniert an. Mit einer ungestümen Geste zog er sie hoch, schlang einen Arm um ihre Taille und presste sie an sich.

»Warte einen Augenblick auf mich«, keuchte er heiser. »Ich hole uns etwas zu trinken und dann gehen wir an die frische Luft. Ich weiß einen besseren Platz für zwei Liebende wie wir.«

Sein Blick flog über die lachenden und schwatzenden Gäste, die sich an den aufgebauten Ständen versammelt hatten, über die Getränke, die frischen Brezeln, über Schleifen, Bänder und den üblichen Krimskrams, den die Händler eifrig feilboten. Eilig drängte er sich durch die Menge und versuchte, den Getränkestand zu erreichen.

Plötzlich erstarb das Stimmengewirr. Friedrich wandte den Kopf und folgte den vielen Blicken zum Eingang des Zeltes. Dort standen vier junge Frauen in schillernden, bunten Garderoben. Drei von ihnen betrachteten schüchtern das Gedränge im Zelt, die Vierte von ihnen, eindeutig die Wortführerin, reckte selbstbewusst ihren Hals und begegnete den Blicken der Männer, die sich an der hochgeschnürten Taille ihres roten Kleides und dem hervorquellenden Busen festzusaugen schienen, mit einem verächtlichen Zucken ihrer Mundwinkel.

Bei Friedrichs Anblick glänzten ihre Augen eine Nuance dunkler, mit einem Ausdruck darin, der ihn irritierte und den er nicht deuten konnte. Erst recht nicht, als sie ihm zuwinkte, lachte und ihre makellosen Zähne zeigte. Was sollte das?

Reflexartig hob er die Hand, überrascht von ihrer vertraulichen Geste und wütend über seine prompte Reaktion darauf. Seine Brauen schoben sich zusammen. Er konnte sich nicht erinnern, die hochnäsige Kapitänstochter je beachtet zu haben. Außer Begegnungen in der Kindheit, was in einem kleinen Dorf wie dem ihrem unvermeidlich war, hatte sich zwischen ihnen absolut nichts ereignet.

Stines laute und respektlose Art flößte ihm nach wie vor ein gewisses Unbehagen ein. Mehr noch. Sie erschien ihm wie die Verkörperung einer Gefahr, unerklärlich und doch so real wie eine Schlange, die ihr Opfer nicht aus den Augen lässt. Und wenn er dem Gerede der Dorfbewohner irgendeine Bedeutung zumessen wollte, dem endlosen Getuschel, Stine Hansen würde ihren

Umgang mit Vertretern des männlichen Geschlechts mehr als freizügig handhaben, dann beglückwünschte er sich insgeheim zu seinem Desinteresse an der glutäugigen Schönen. Nichts lag ihm ferner, als einer unter vielen zu sein.

Abschätzend flog sein Blick über ihre auffällige Erscheinung. Warum tat sie das? Mit dem Kleid und den schwarzen Federn, die auf ihren hochgesteckten Haarflechten wippten, machte sie ihrem Ruf wirklich alle Ehre. Schlimmer noch. Sie schien die Aufmerksamkeit der Anwesenden wie eine rollige Katze vor dem Kater zu genießen. Schnurrend, lasziv, zufrieden.

Ganz anders Lenchen, die neben ihrer dominanten Vertrauten und den in kanariengelbe Kleider gezwängten Gastwirtstöchtern farblos in ihrem beigen Kleid wirken würde, wäre nicht ein rosafarbenes Bouquet auf ihrem Kopf drapiert. Friedrich unterdrückte ein Prusten und setzte seinen Weg kopfschüttelnd fort. Was kümmerte ihn, wenn die Weiber wie Kopien aus einem dieser billigen Etablissements daherkamen? Marie gehörte nicht zu dieser Sorte Frauen und das erfüllte ihn mit Stolz.

Als sich die Erstarrung der Menge in unterdrücktem Gekicher auflöste, Stine erhobenen Hauptes mit ihren Begleiterinnen im Schlepptau einen reservierten Tisch ansteuerte, erreichte Friedrich endlich den Stand mit den Getränken und der pausbäckigen Wirtin, die lächelnd ihre Kunden bediente. Er erwarb einen Krug mit rotem Wein, balancierte ihn zurück an seinen Tisch und freute sich über Maries erwartungsvolle Miene. Herrgott, wie ihm das gefiel. Diese Augen, in denen sich unendliches Vertrauen und Glück spiegelten, dieses Geschöpf, an dessen Hand sein Ring funkelte. Ein Versprechen, das seinen Blick über das festliche Kleid gleiten ließ, über die deutlich sichtbaren Rundungen, dezent verhüllt und doch ausreichend, um seinen Puls in die Höhe zu treiben. Und nicht nur das! Entsetzt verspürte er das Pulsieren seiner Männlichkeit. Er konnte nicht länger warten. Hastig beugte er seinen Kopf hinab zu Marie, spürte die weiche zarte Verheißung ihres Halses, roch ihren Duft, der sein Gehirn vernebelte und seinen Verstand ausschaltete.

»Komm Liebste«, flüsterte er gepresst. »Der Wind heult zu laut, man kann sein eigenes Wort nicht mehr verstehen - und überhaupt«, sein Kinn wies in Richtung der zuletzt angekommenen Gäste.

Er zog die sichtlich Überrumpelte vom Stuhl und murmelte: »Mir scheint die Luft verdorben.« Seine Lippen verzogen sich, als er Stine Hansens Blick in einer Intensität auf sich spürte, die einer Belästigung gleichkam. Abrupt wandte er sich ab, wobei er keinen Gedanken an das offensichtliche Interesse Stines an seiner Person verschwendete.

Marie nickte verblüfft, warf sich das wollene Umschlagtuch um die Schultern und folgte Friedrichs Blick. Erschrocken prallte sie zurück. Schaudernd gewahrte sie das höhnische Aufblitzen in den Augen der Kapitänstochter, das Böse, das sie in deren Blick zu sehen meinte und das scheinbar Friedrich galt. Was wollte diese Frau von ihrem Verlobten? Gab es zwischen den beiden etwas, das sie wissen sollte? Hatte Friedrich ein Geheimnis vor ihr? Fröstelnd hob sie die Schultern, wickelte sich fester in das wärmende Tuch und folgte Friedrich zum Ausgang. Sie schlüpfte unter der Plane hindurch, die er für sie beiseite schlug; nachdenklich über den plötzlichen Aufbruch und dem unheilvollen Gefühl, das seine Arme wie Fallstricke um sie zu legen schien.

Trotz der Kälte und der Windböen, die ihren Rock bauschten und die Gäste der vorderen Tischreihen aufspringen ließen, als der Wind sie erfasste, spürte sie einen Schweißfilm auf der Stirn. Schutzsuchend drängte sie sich an Friedrich, umgeben vom Heulen des Sturms, dem Knacken der Äste und einer undurchdringlichen Finsternis, sobald das wenige Licht hinter der geschlossenen Öffnung des Festzeltes verschwand.

Was hatte Friedrich vor? Wohin wollte er bei dem Wetter? Unschlüssig blieb sie stehen. Erst als sie seine Hand an ihrer Taille spürte, warm, bodenständig, seine zärtlichen Worte an ihrem Ohr vernahm, beruhigten sich ihre aufgewühlten Sinne. Sie lehnte ihren Kopf an seine Schulter, inhalierte den vertrauten Duft, der seinem Hemd, seinen Haaren und seiner Haut anhaftete. Sie liebte ihn von ganzem Herzen.

Friedrich knurrte zufrieden und steuerte zielsicher auf die große Scheune am unteren Ende der Straße zu. Marie wusste, dass der große Holzbau den Hansens gehörte, aber mitunter von Dorfmitgliedern genutzt wurde, die außer Stroh allerhand Zeugs dort aufbewahrten. Selbstverständlich zählten zu ihnen nur diejenigen, die mit ihrer Verbindung zu dem berühmten Kapitän prahlen wollten. Einem Mann, der bereits den Atlantik überquert hatte und der das weit entfernte Amerika in lebhaften Bildern beschreiben konnte, wie sie von Friedrich wusste.

Marie seufzte innerlich, wenn sie an die Begeisterung ihres Verlobten dachte, an seinen Wunsch, eines Tages ebenso wie Kapitän Hansen die Meere befahren zu wollen, fremde Länder kennenzulernen und sich den

Wind der Ozeane um die Nase wehen zu lassen. Abenteuer, die sie als Landratte, wie Friedrich sie scherzhaft bezeichnete, erschreckten. Sie verstand den Drang der Menschen an der Küste nicht, diese Besessenheit zum Meer, diese merkwürdige Hassliebe, sich den Gefahren der See auszusetzen, die Natur herauszufordern. Für Marie würde das monatelange Trennung von ihrem Geliebten bedeuten, ein Leben in Einsamkeit und Angst um den Mann zu führen, an dessen Verlust sie nicht einmal denken wollte.

Sie wickelte sich fester in ihr Tuch, kniff die Lippen zusammen und starrte in die Dunkelheit. Vorerst würde Friedrich weiterhin zum Fischen hinausfahren, einen bescheidenen Lebensunterhalt erwirtschaften, seinen Traum hoffentlich auf Eis legen, wenn sie heiraten und eine Familie gründen würden.

Ihr Blick fiel auf die Scheune, die Friedrich ansteuerte. Was wollte er dort? Seine Eltern sowie ihr Vater gehörten definitiv nicht zu den Dörflern, die sich dem Kapitän anbiederten. Marie vernahm das Gluckern des Weins in dem Krug, den Friedrich mit einer Hand balancierte, das Scheppern der Becher in seinen weiten Hosentaschen, als er die Tür aufstieß und sie in die Scheune schob. Sie zögerte, versuchte, mit den Augen die Finsternis zu durchdringen. Die Umrisse des aufgetürmten Strohs zu erkennen, das den Raum mit sattem Getreideduft füllte. Der Wind rüttelte an den Holzwänden, pfiff an ihnen vorbei, hinauf zu den offenen Luken, hinaus in die stürmische Nacht.

Marie zog sich ihr Tuch über den Kopf, hielt die Zipfel unter dem Kinn fest, während Spreu wie staubiger Schnee aufwirbelte. Er hüllte sie in den Duft des Sommers und der reifen Felder und sank erst herab, als Friedrich die Tür hinter sich schloss. Bis auf einen schmalen Lichtschein, der sich seinen Weg durch die Dachöffnungen hinunter in den Raum bahnte und dem unsteten Spiel aus Licht und Schatten etwas Unheimliches verlieh, herrschte Dunkelheit in der Scheune.

Marie zog die Stirn in Falten. »Nein!«, sagte sie laut, versuchte Friedrich zu stoppen, weil plötzlich die Angst vor dem, was ihr Liebster bezweckte, greifbar in der Luft hing. Ihre schrille Stimme verteilte sich in der Scheune und ließ sie schaudern. Hastig griff sie nach seinem Arm.

»Friedrich, nein«, flüsterte sie beschwörend. »Was wollen wir hier? Der Schober gehört uns nicht, der Vater bekommt Ärger, wenn wir erwischt werden – und ich auch. Das dürfen wir nicht!« Zitternd ließ sie ihren Blick über das aufgeschichtete Stroh wandern, dessen Umrisse sich drohend aus der Dunkelheit schälten und ihr eine Gänsehaut bescherten.

Friedrich lachte leise, schob sie auf einen Strohhaufen in der Mitte des Raumes zu, stellte den Krug ab und nahm eine Laterne von der Wand. Der Docht flammte auf, als er ein Streichholz über seine Schuhsohle ratschen ließ und ihn entzündete. Flackernd glitt der sanfte Schein des Lichts über ihre Gesichter, leckte über das Korn hinter einer abgeteilten Bretterwand und über das aufgetürmte Stroh.

»Nicht doch, mein Liebling«, redete er beruhigend auf sie ein. »Du musst keine Angst haben, ab heute sind wir offiziell verlobt, vor Gott und den Menschen als Mann und Frau versprochen. Lass uns diesen Tag feiern, ich liebe dich, Marie, … bitte … ich … lass uns nicht mehr warten!«

Marie spürte das Flattern in ihrem Bauch bei seinen heiseren drängenden Worten, die Liebe, die sie mit diesem Mann verband, seine Hände, die ihr Kleid hochschoben und zärtlich ihren nackten Körper streichelten. Sie war bezaubert von seinem einzigartigen Duft, der sie stets an Meer und Wind erinnerte, berauscht von seiner Zärtlichkeit, seiner Zuneigung, die er ihr mit jeder Geste, jedem Wort bestätigte und die sie rückhaltlos erwiderte.

In der Heiligen Nacht würden sie den Bund der Ehe besiegeln. Friedrich hatte recht. Worauf warten? Liebevoll umfasste Marie den Kopf ihres Liebsten, presste ihre Lippen hitzig auf seine, duldete seine stürmische Erwiderung, überrascht von seiner Zunge, die liebevoll um ihre kreiste. Sie spürte den harten Druck an ihrem Bauch, die wilde Aufforderung, die das Flattern in ihrem Körper verstärkte. Ihre Sinne schwanden, als sich Friedrich hastig seiner Kleidung entledigte, seinen Körper auf ihren presste, sanft ihre Schenkel öffnete und in sie eindrang. Ein kurzer Schmerz ließ sie keuchen. Ihre Wangen glühten, ihre Ängste waren verdrängt, ihr Verstand ausgeschaltet.

War die Hitze in ihrem Körper der Lust und dem Begehren zu ihrem Liebsten geschuldet? Oder war es der Teufel, der sie ritt? Marie wusste es nicht. Trotzdem überwog das Gefühl der Liebe für ihren Friedrich, das Glück über ihre Vereinigung, als sie wenig später nebeneinander lagen und im Dämmerlicht der flackernden Kerze ihre Körper erkundeten. Waren nicht alle Gottes Geschöpfe und war er es nicht gewesen, der ihnen ihre Liebe und Zuneigung gesandt hatte? Das konnte nichts Böses sein, dachte Marie noch, als plötzlich die Tür des Schuppens mit lautem Krachen aufsprang und die Konturen eines Mannes sichtbar wurden.

Marie fuhr auf. »Wilhelm, was suchst du hier! Nein, nein«, keuchte sie überrascht, schlüpfte hastig in ihr Kleid und versuchte ihren Bruder zurückzuhalten, als er auf Friedrich zusprang, ihn am Hals packte und seine Fäuste auf den Wehrlosen niederprasseln ließ.

»Hör auf, Willi, was soll das?« Verzweifelt versuchte Marie ihren Bruder von Friedrich wegzuziehen.

Wilhelm beachtete sie nicht, sondern hieb weiterhin auf den am Boden Liegenden ein. Der stämmige Mann schäumte vor Wut.

»Sauhund, verdammter. Du hast dich an meine Schwester herangemacht und wie ich sehe, sogar an ihr vergangen. Ehrloser Hundsfott, der du bist.«

Mit einer unwilligen Geste schüttelte er Marie ab, einen kurzen Moment der Unaufmerksamkeit, die Friedrich half, aufzuspringen und sich gegen seinen Angreifer zu wehren.

»Was soll das! Wer bist du und was hast du mit meiner Braut zu schaffen!« Friedrich wehrte einen Schlag ab, holte aus, traf seinen Widersacher mit einem kräftigen Hieb am Kinn und beförderte ihn zu Boden.

»Stine hatte recht«, gurgelte Wilhelm erschöpft und versuchte sich hochzustemmen. Er reckte eine Hand vor und zeigte drohend auf den jungen Mann, der nackt und blutend vor ihm stand und die Arme hängen ließ. »Du bist Friedrich Jäger und der Tochter des Kapitäns versprochen! Ehrloses Schwein! Mag sein, dass du dir vorher einige leckere Happen genehmigen willst? Aber nicht Marie. Nicht meine Schwester! Sie kommt mit mir. Sie wird dir nicht erneut zu Willen sein und Unzucht treiben. Such dir ein Hurenhaus, wenn deine Säfte überkochen!«

Friedrich schlug erneut zu. Erbost über die Behauptung und wütend über die Hiebe, die er ohne Vorwarnung oder eine verständliche Erklärung hatte einstecken müssen. Und dieses Mal kippte Wilhelm wie eine gefällte Eiche ins Stroh und rührte sich nicht mehr.

24.12.1935

Friedrich Jäger konnte das Zittern seiner Hände nicht verhindern, als er sein Fernglas an die Augen hob und den Blick aufmerksam über das Wasser gleiten ließ. Sein faltiges Gesicht schmerzte von den kalten Temperaturen und der Wind zerrte an seiner dicken Jacke wie ein ungebändigtes Tier.

Bereits seit Stunden stand er hoch oben auf der Aussichtsplattform seines Leuchtturms, betrachtete sorgenvoll die brodelnde See und die meterhohen Wellenberge, die den Strand überfluteten, ihn mit schmutzigen Schaumflocken und Gischt bewarfen, bevor sie sich brüllend zurückzogen.

Außer einigen Möwen, die sich im Auf und Ab der Wellen wiegten, die Wind und Wetter trotzten und mit schwarzen Knopfaugen und zeterndem Gekreisch nach Fressbarem in dem aufgewühlten Wasser suchten, entdeckte er nichts Auffälliges. Kein Wunder, heute war der vierundzwanzigste Dezember - die Heilige Nacht.

Eine stille Nacht, in der das Böse dem unvergleichlichen Zauber des Augenblicks wich, eingehüllt in Liebe, Vertrauen und Zuneigung. Weihnachten. Friedrich seufzte und wischte die Tränen von seinen Wangen, warme vertraute Nässe wie jedes Jahr zu dieser Zeit, wenn er von seinem Leuchtturm herabblickte und sein Leben an sich vorüberziehen sah, beladen mit Schuld, Einsamkeit und Verzweiflung. Wann würde er diesem Meer aus bitterer Reue entkommen können, in dem sein innerer Frieden ertrank?

Langsam ließ er das Glas sinken, rieb seine erstarrten Hände, um die Kälte und die Erinnerungen zu vertreiben und verfolgte den weit sichtbaren Lichtkegel, der in regelmäßigen Abständen über das Meer glitt und das fahle Licht des Mondes zerschnitt.

Zerstreut hörte er den warnenden Ton und starrte auf das gurgelnde Wasser, das wie immer an diesem Tag die Vergangenheit heraufbeschwor und sein Herz mit Trauer erfüllte.

*

Viele Jahre waren seit dieser verhängnisvollen Nacht in der Scheune vergangen. Unendliche Zeit, die sein Leben zerstört, ihn haltlos durch die Welt geschleudert hatte, ständig auf der Flucht vor einer möglichen Verhaftung wegen Totschlags an Wilhelm Wagenknecht, dem Bruder seiner damaligen Verlobten Marie.

Friedrich stöhnte auf, strich sich über das kalte Gesicht, lauschte dem Brüllen des aufgewühlten Meeres, während seine Erinnerungen den dunklen Himmel zu füllen schienen.

Das Leben war nicht fair zu ihm gewesen, selbst dann nicht, als er auf Maries Drängen hin und aus Angst vor einer möglichen Inhaftierung sein Dorf und seine Geliebte noch in der gleichen Nacht verließ. Unüberlegt, verzweifelt und einer Panik nahe hatte er sich nach Bremerhaven begeben und dort auf der *Kaiser Friedrich* Hals über Kopf als Kohlentrimmer und Heizer angeheuert. Einem Schnelldampfer des *Norddeutschen Lloyd,* der ein Jahr zuvor in Dienst gestellt, als Linienschiff zwischen Bremerhaven und New York fungieren sollte. Es war eine harte, kräftezehrende Arbeit, die ihm trotz aller Mühen half, sein neues Leben zu bewältigen. Die Trauer und das Entsetzen über den abrupten Verlust seiner Träume, seiner Liebe, seinen Vorstellungen von einer bevorstehenden Vermählung, in Schweiß und Vergessen versinken zu lassen.

Wie ein Mantra kreisten seitdem Maries Worte in seinem Kopf, ließen ihn an ihrer Liebe zweifeln, quälten und zerstörten ihn. Warum hatte sie seine unzähligen Briefe niemals beantwortet, warum nie ein Lebenszeichen gesandt? Es schien, als hätte ihn seine Liebe verlassen, ihn sein Dorf vergessen. Wen wunderte es, dass ihm in den darauffolgenden Jahren das Schicksal Else Biesenhains immer häufiger präsent zu sein schien? Gehörte er zu den jungen Männern, deren Schicksal einem lächerlich erscheinenden Fluch zum Opfer gefallen war? Warum veränderte sich mit jedem Jahr, das einsam und voller Zweifel an der großen Liebe für ihn verstrich, seine Wahrnehmung über die Gerüchte, obwohl er sie im Grunde seines Verstandes ablehnte? Friedrich war ein fortschrittlicher junger Mann, der dem Gerede über die einsame Frau nie ein Ohr, geschweige eine Plattform gegeben hatte. War es sein Herz, das plötzlich nichts mehr ausschließen wollte? Oder doch nur die Verbitterung eines älter werdenden Mannes, der sich verlassen und betrogen fühlte und nach einem Grund für das Schweigen seiner Geliebten lechzte wie ein Kienspan nach dem Feuer?

Der Sturm nahm an Kraft zu. Sein wütendes Gebrüll schmerzte in Friedrichs Ohren und er beschloss, sich in die warme Stube zurückzuziehen, um sich einen Kaffee aufzubrühen, als er stutzte, meinte, ein feines Stimmchen zu hören. Er lauschte angestrengt. Dann schüttelte er verwirrt den Kopf. Herrgott noch eins, da war nichts, nur klirrender, singender Sturm, der ihn endlich zwang, das

Schott hinter sich zu schließen. Nach Atem ringend, ließ er sich in seinen Sessel sinken, behütet und umarmt von der heimeligen Wärme des Kohleofens und dem Duft echten Kaffees, der seinem Pott entströmte.
Alles war, wie es sein sollte. Bis auf den Heiligen Abend, der seine Sinne Jahr für Jahr beherrschte und seine Gedanken in die Vergangenheit lenkte.

Als 1914 das Attentat von Sarajevo auf den österreichisch-ungarischen Thronfolger Franz Friedrich tödlich endete und das Deutsche Reich dem russischen Zaren den Krieg erklärte, meldete sich Friedrich Jäger freiwillig zu den bewaffneten Truppen, die an der Seite von Österreich-Ungarn gegen Russland, Großbritannien und Frankreich kämpften. Vier Jahre Tod und Verderben begleiteten ihn, immer mit der Hoffnung auf Beendigung eines Krieges, der zum Massensterben bewaffneter Soldaten aller Nationalitäten führte. Friedrichs anfängliche Euphorie verwandelte sich in Mutlosigkeit, dann in Zweifel an dem Sinn einer Auseinandersetzung, die letztendlich dem Machtbestreben der führenden

Staaten dienlich war und mehr als 17 Millionen Menschen das Leben kostete. Freunde und Kampfgefährten starben vor seinen Augen und Friedrich war mehr als froh, nicht an Bord der *Kaiser Friedrich* zu sein, die als bewaffneter Truppentransporter eingesetzt, 1916 im Ägäischem Meer auf eine Mine lief und sank.

Eine entscheidende Wende erhielt sein bis dahin unaufgeregtes, sinnloses Leben, wie er fand, als er ein Jahr vor der Kapitulation Deutschlands mit seiner Truppe unter Beschuss geriet und in einem Schützengraben Zuflucht suchte. Frierend, verdreckt, triefend vor Nässe und entkräftet vor Hunger, drückten sich die Männer tief in den Graben vor der französischen Frontlinie. Es war der Heilige Abend und als plötzlich die Waffen schwiegen, leiser Gesang aus den feindlichen Lagern herüberwehte, erst behutsam, dann kräftiger, verstummten auch die deutschen Geschütze. - Stille Nacht, Heilige Nacht, alles schläft, einsam wacht – tönte es herüber. Berührende Klänge in einer fremden Sprache, aus kräftigen Kehlen gesungen, die den Wunsch nach

Frieden besonders in dieser Nacht verdeutlichten. Ein Lied, das für einige Stunden den Krieg unterbrach. Tränen liefen den hartgesottenen Männern über die Wangen, als sie in den Gesang einstimmten. Sie lagen sich in den Armen, spürten das innige Gefühl, das alle Menschen in der Heiligen Nacht erfasste, und dankten den unbekannten Soldaten für die andächtige Stille in jenen Stunden.

In dieser Nacht kam Friedrich Jäger mit dem Deutschen Heinrich Rosenthal ins Gespräch. Einem jüdischen Waffenkameraden und ehemaligen fahrenden Händler, der ebenso wie Friedrich jahrelang zur See gefahren war und der sich über diese Gemeinsamkeit sehr erfreut zeigte. Sie tauschten ihre Erfahrungen aus, redeten über Gott und die Welt, über ihre religiösen Auffassungen als Christ und Jude, sprachen über die Sinnlosigkeit eines Krieges, der Familien zerstörte, Waisen und Witwen hinterließ, Herzen brach und Verzweiflung erzeugte.

Und als Rosenthal von seiner Frau und seinem Sohn berichtete, die er seit Jahren schmerzlich vermisste, erzählte Friedrich dem ehemaligen Kaufmann im Gegenzug von Marie Wagenknecht, von ihrer großen Liebe zueinander, der abrupten Trennung und dem Schweigen seiner Liebsten danach.

Er ließ auch die Gerüchte in seinem ehemaligen Dorf nicht unerwähnt, den mysteriösen Fluch einer Frau, der angeblich alle jungen Männer ins Unglück stürzen würde. Weibergeschwätz, wie er damals annahm, eine Legende, der man keinerlei Bedeutung zumessen durfte. Vernünftige Argumente, die jeden klugen Verstand besänftigen sollten, gäbe es nicht aufkommende Zweifel an der früheren Wahrnehmung des Ganzen. Überlegungen, die Friedrich im Laufe der Jahre mehr und mehr suggerieren wollten, womöglich selbst einer der Betroffenen zu sein, wenn er die vielen schmerzvollen Jahre Revue passieren ließ.

Friedrich seufzte gedankenverloren, schob seinen leeren Pott zurück ins Regal, zog seine dicke Jacke an, wickelte sich seinen Schal um den Hals, stülpte seine

Mütze über die Ohren und öffnete die Tür, um seinen stündlichen Rundgang auf der Plattform des Leuchtturms zu absolvieren. Aufmerksam beobachtete er das hochgehende, sturmgepeitschte Wasser, das Berge und Täler schuf. Versunken starrte er auf das Licht des Leuchtturms, das im Sekundentakt über das Meer irrlichterte, in gleichmäßigem Rhythmus Licht und Schatten erzeugte, den Horizont erfasste und nach Schiffen zu suchen schien. Eine vertraute Gleichförmigkeit, die seine Gedanken erneut zu der Nacht im Schützengraben lenkte, zur Stille der Heiligen Nacht, als ihm Heinrich Rosenthal etwas Unglaubliches erzählte.

Mai 1912

Lachend und rufend rannten die Kinder dem Wanderhändler entgegen. Sie winkten ihm fröhlich zu, als er seinen rumpelnden Planwagen von der staubigen Landstraße in ihr Dorf lenkte, breit grinsend die Peitsche knallen ließ und ihnen zunickte.

Einige Mutige tätschelten dem kräftigen Kaltblüter den Hals, strichen über dessen Nüstern und hieben ihm freundschaftlich über die Kruppe, als der Jude mit den lockigen dunklen Haaren und den blitzenden Augen kurz darauf sein Gefährt vor der Kneipe der Hansens zum Stehen brachte, vom Bock sprang, dem freudig schnaubenden Pferd einen Futtersack um den Hals hängte und seinen Blick suchend über die aufgeregte Schar gleiten ließ. Er war zufrieden. Die Kinder würden die Eltern anlocken und seinen Waren reißenden Absatz

bescheren. Immerhin sollte er den Familienbetrieb, ausgerichtet auf den Handel mit Kurzwaren aller Art, in Bälde übernehmen.

Allerdings schwebte ihm eine Erweiterung des väterlichen Geschäfts vor. Nicht nur das gleichbleibende Einerlei, das die Familie Rosenthal seit Jahren bevorzugte. Zugegeben, notwendige Waren für die einfache Frau, für ihre karg bestückte Geldbörse und ihre Ausgaben, die der Gatte oder Vater kontrollierten.

Aber Heinrich liebte die Frauen. Er kannte sich aus und wollte das Angebot bunter, fröhlicher, ansprechender gestalten. Mehr auf die heimlichen Bedürfnisse seiner Kundinnen ausgerichtet. Neue Dinge ausprobieren. Spitzenunterwäsche anstatt der baumwollenen Unterhosen anbieten, schwere Unterröcke durch luftige eintauschen, Dinge, die die weibliche Welt glücklich machten. Gute Vorsätze, hochfliegende Pläne, die momentan auf Eis lagen, weil sich der sture Alte nicht gänzlich ausboten ließ. Und irgendwann war es Heinrich leid, den kontrollierenden Blicken seines Vaters auszuweichen, seine Vorstellungen von einem modernen florierenden Handel verbergen zu müssen, um den häuslichen Frieden in der Hamburger Niederlassung wahren zu können.

Kurzentschlossen hatte er vor zwei Jahren einen stabilen Planwagen erworben, Lotte davor gespannt und begonnen, in der warmen Jahreszeit von einem Dorf zum anderen zu ziehen. Besonders die abgelegenen Ortschaften hatten es ihm angetan. Hier wurde er stets mit offenen Armen empfangen. Nicht nur, weil er Bänder, Hauben, Spitzen, Knöpfe oder irgendwelchen Tand mit sich führte. Die Frauen wussten, dass sich unter den Kisten mit den Kurzwaren reizvolle Textilien befanden, die der dunkelhaarige Jude nur für sie erwarb. Heinrich schmunzelte. Noch fehlten ihm die internationalen Geschäftsbeziehungen, der Kontakt zur Brüsseler Manufaktur, die Verbindung zur Pariser Modewelt. Seine Waren fertigten handwerklich geschickte Frauen in Heimarbeit. Weben, Klöppeln, Häkeln, Nähen, Stricken – mit einfachen Mitteln und gängigen Materialien entstanden wunderbare Kleinode.

Hauben, Umhänge, Spitzenunterkleider und Wäsche, die Heinrich den begeisterten Weibern frei Haus lieferte.

Entschlossen bahnte er sich einen Weg durch die quirlige Kinderschar, die sich Jahr für Jahr zu vergrößern schien. Am Fuß der Eingangstreppe stockte er, blickte auf die Frau, deren dralle Arme wie ein Tau vor ihrem Busen lagen und die ihm mit spöttischer Miene entgegensah. Musste sie sich festhalten? Heinrich roch sie bereits, ihren ungewaschenen Leib, ihren von Schnaps geschwängerten Atem, bevor sie den Mund auftat und lallend sagte: »Hallo, Krämer. Willkommen in Hansens Schenke. Tritt näher, wenn du ein leckeres Mahl und ein weiches Nachtlager bevorzugst.« Blinzelnd strich sie sich über ihre ausladenden Formen und gluckste rau und anzüglich.

Heinrich nickte verstehend. In seine Miene schob sich ein Funken Mitleid angesichts der Frau, die sich immer mehr dem Genuss von Alkohol hingab und sich kaum noch unter Kontrolle hatte.

Sanft drückte er sie beiseite. »Lass gut sein, Stine Hansen. Wir kennen uns bereits und an einer Fortsetzung dieser Erlebnisse bin ich nicht interessiert. Schaff ein ordentliches Mahl auf den Tisch, einen Humpen Vergorenes dazu. Vorher lass das Pferd ausspannen und richte mir ein einfaches Lager für die Nacht, nachdem ich meine Verkäufe erledigt habe. Morgen geht es weiter.«

»Pff. Wie der Herr Krämer wünschen.« Stine warf die Lippen auf, sandte Heinrich einen bösen Blick und verschwand taumelnd in der Dunkelheit des Flures.

In den späten Nachmittagsstunden des gleichen Tages suchte die Tochter des ehemaligen Kapitäns den Händler in seinem Zimmer auf. Sie ignorierte dessen unwilligen Blick, blieb in der Tür stehen und lächelte ihm fast schüchtern zu.

Abwehrend hob Heinrich beide Hände. »Was willst du, Stine. Zwischen uns wird sich nichts wiederholen. Zwei Jahre sind mittlerweile vergangen. Jahre, die dir nicht gutgetan haben, wie mir scheint. Such dir einen guten Mann und ordne dein Leben. Es ist nicht unendlich.«

Stine schwieg, dann hob sie die Schultern, ließ sie fallen und senkte den Kopf. Welch traurige Gestalt, die für diesen Augenblick versucht zu haben schien, ihrem Äußeren einen anständigen Anstrich zu verleihen, dachte Heinrich voller Bedauern, während er sie betrachtete. Ihre Haare waren jetzt am Hinterkopf zu einem Knoten zusammengefasst, das Kleid gewechselt, das Gesicht gewaschen, die Füße in hübsche Schuhe gesteckt. Ihr Blick war klar und ungetrübt.

Stine Hansen muss früher recht ansehnlich gewesen sein, überlegte Heinrich weiter. Warum war sie nicht verheiratet, hatte keine Kinder, kein Leben, das sie erfüllte? Diese Kneipe tat es nicht, diente höchstens dazu, ihren unmäßigen Alkoholkonsum zu fördern. War es der Tod des Vaters, der sie aus der Bahn geworfen hatte? Der Verlust eines kleinen Vermögens, das er ihr hinterlassen und das sie mit vollen Händen ausgegeben hatte? Oder gab es eine verschmähte Liebe, die ihr Leben zerstört hatte, bevor sie Vergessen im Alkohol suchte?

»Ich weiß, Heinrich«, unterbrach Stine leise seine Gedanken. »Nichts währt ewig und in unserem Dorf bestimmt nicht. Deshalb würde ich dir gern eine Geschichte erzählen, etwas, was mich seit dreizehn Jahren quält. Eine unschöne Sache, die an meinem Herzen wie ein Raubvogel nagt, mich nicht zur Ruhe kommen lässt. Bitte, Heinrich.« Tränen stürzten plötzlich aus Stines Augen, rannen ungehemmt über ihre Wangen, nahmen Schmutz und Niedertracht mit sich und legten eine von Schuld und Bedauern gemarterte Seele frei. »Nur eine Stunde Aufmerksamkeit, mehr will ich nicht von dir. Es kostet dich kaum etwas, Heinrich. Nur etwas Zeit, damit ich mein Gewissen erleichtern kann.«

Heinrich nickte unangenehm berührt. Er erhob sich, verschloss den Raum hinter sich und folgte der eilig voranschreitenden Frau in den Garten. Zu einer verlassenen Grünfläche hinter dem Haus, ihren bunten Blumen, wilden Kräutern und einer unangetasteten

Natur sehr romantisch und lebendig war. Vögel zwitscherten in den Bäumen, Schmetterlinge taumelten von Blüte zu Blüte, Bienen summten, Käfer krabbelten eilig davon. Alles verströmte den Duft des Frühlings. Es roch nach Blumen und Gräsern, nach Fisch und Meer, nach Schönheit und Frieden. Es war das Leben, das aus dem Winterschlaf erwachte.

Heinrich ließ sich neben Stine auf die einzige Bank fallen, die aus den hochgewachsenen Gräsern hervorlugte, und blickte sie erwartungsvoll an.

»Es ist mehr als dreizehn Jahre her, als ich mich unsterblich in Friedrich Jäger verliebte«, begann Stine und blickte starr geradeaus. »Einen Burschen aus unserem Dorf, der mir von Kindheit an vertraut war und den ich einmal heiraten würde, wie ich mir bereits in jungen Jahren schwor. Es gab keinen anderen für mich. Friedrich war mein Traummann, selbst dann noch, als wir erwachsen wurden und er mich nicht mehr beachtete.«

Stine seufzte, dann wandte sie sich um und suchte Heinrichs Blick. »Ich war wütend, verstehst du. Maßlos wütend, verbittert und eifersüchtig auf die schöne Marie Wagenknecht, die in unser Dorf gezogen war und mir meinen Friedrich nahm. Der Hass auf diese Zugereiste, die aus dem Thüringischen kam, mit ihrem Vater, einer Stiefmutter und Stiefgeschwistern in das Haus ihrer Großtante zog, einer Frau, der man das Böse nachsagte, empörte nicht nur mich«, ergänzte Stine verlegen, bevor sie Heinrich von Else Biesenhain erzählte, von den Gerüchten über sie und den jungen Männern, die angeblich ihre Opfer wurden.

Sprachlos schüttelte Heinrich den Kopf, als Stine kurz Atem schöpfte und ihre Hände durch das Gras gleiten ließ. »Himmel eins aber auch! Das ist Klönschnak, Stine. Blanker Aberglaube. Was habt ihr dieser Frau nur angetan!«

»Leider war das nicht alles, Krämer«, fuhr Stine mit spröder Stimme fort. »Es wurde immer schlimmer mit mir und ich überlegte ernsthaft, wie ich Friedrich doch noch für mich gewinnen konnte, obwohl ich von seiner Verlobung mit Marie und der vorgesehenen Heirat am Heiligen Abend wusste.«

Schweigen breitete sich aus, als Stine stockte. Unheilvolles Schweigen, das nicht nur den Händler anpackte, sondern auch Stine Hansen erheblich zu schaffen machte, wie ihr angestrengtes Atmen bewies. Warum die Kapitänstochter ausgerechnet ihn zu ihrem Beichtvater erkoren hatte, war Heinrich schleierhaft. War es das gleiche Alter, das sie verband? Die Tatsache, dass er noch immer unbeweibt war? Mehr Gemeinsamkeiten gab es seiner Ansicht nach wirklich nicht. Selbst die einmalige Entgleisung vor einem Jahr war kaum der Rede wert. Stine war immer hemmungslos gewesen, hatte sich jedem männlichen Gast, der in ihrem Gasthof abstieg, an den Hals geworfen und ihn ebenso schnell von sich gestoßen. Mein Gott, er war ein Mann und hatte damals genommen, was sich bot. Es gab keine Parallelen, nichts, was sich wiederholen würde. Heinrich dachte an eine junge Frau, die auf ihn wartete und die ihn sehr glücklich machte.

Er räusperte sich, legte seine Hand behutsam auf Stines und drückte sie kurz. »Du musst nicht weitersprechen, Stine. Auch ich bin nicht frei von Sünden. Absolution kann dir nur der Pfarrer erteilen. Vielleicht solltest du lieber …?«

»Nein! Sollte ich nicht!« Abrupt zog Stine ihre Hand unter Heinrichs hervor und sprang auf. »Komm mir nicht mit dem Pfaffen. Mit der Kirche hab ich nichts am Hut. Dort wird der Samen für unsere Sünden gelegt, mehr gelogen und betrogen, als du und ich es je vermochten.« Erregt strich sie ihre Haare aus dem Gesicht. »Du bist ein anständiger Mann, Krämer. Ich vertraue dir, weil ich weiß, dass du nichts von dem weitertragen wirst, was ich dir nun erzählen will.«

Erschöpft ließ sie sich zurück auf die Bank fallen und begann. Und Stine Hansen ließ nichts aus. Sie berichtete dem fahrenden Händler von dem Brief, den sie Wilhelm, dem großen Bruder Maries, ins Thüringische geschickt hatte. Von den hinterhältigen Anschuldigungen, die er enthielt. Von Maries angeblich hemmungslosem, unsittlichem Lebenswandel, ihrer großen Sünde, die den Bruder und religiösen Fanatiker in ihr Dorf locken sollte, um Marie auf den Weg der Tugend zurückzuführen.

»Hätte ich geahnt, welchen Stein ich mit meinem Brief ins Rollen brachte, lieber Gott, vielleicht wäre alles anders gekommen, wenn ich es nicht getan hätte? Aber damals gab es diese Überlegungen für mich nicht. Ich wollte Friedrich für mich und dafür schien mir jedes Mittel recht.«

»Das sind arge Verleumdungen, Frau.« Heinrich zog die Stirn in Falten, strich sich sekundenlang über die Augen. Dann nickte er Stine zu. »Aber wer bin ich schon, der sich anmaßen darf, dich zu tadeln? Ich bin nicht der Richtige, der den ersten Stein wirft, Stine. Dein Unrecht wird irgendwann gesühnt werden, wenn du vor Gott Rechenschaft ablegen musst.« Er deutete auf die untergehende Sonne, die rotglühend am Horizont versank. »Bald wird es dunkel werden. Lass uns ins

Haus gehen. Den Rest kannst du mir bei einem Schoppen Wein erzählen. Ich vermute mal, dass es dir in den letzten Jahren nicht gut gegangen ist und Friedrich dich, trotz aller Intrigen, nicht geehelicht hat?«

»Wir machen es so, wie du vorgeschlagen hast, Krämer«, erwiderte Stine dumpf, während sie sich erhob. »Nein, Friedrich nicht und kein anderer«, murmelte sie fast unhörbar, als sie das Haus betraten. Dabei zog ein Grienen über ihre verlebten Züge, ließ ihre Mimik zu einer hilflosen Grimasse verkommen. Ein ungewollter Ausdruck im Gesicht, der Heinrich ahnen ließ, dass Stines bisheriges Geständnis lediglich die Spitze des Eisbergs war.

Stille Nacht, Heilige Nacht, 1935

Der Sturm nahm an Kraft zu. Der Wind heulte, fing sich in den Prismen der Signalanlage, rüttelte, zerrte an dem Leuchtturm, der ihm mit seiner festen Stahlkonstruktion und dem verankerten Fundament standhaft Paroli bot. Als die Tür hinter Friedrich krachend zuschlug, schreckte er auf, lauschte aufmerksam in die Dunkelheit. Was war das? Narrten ihn seine Sinne? Waren die Erinnerungen so präsent gewesen, dass sie sein Wahrnehmungsvermögen trübten?

Er lauschte erneut. Angestrengter. Ihm schien, als hätten seine Ohren ein feines Stimmchen eingefangen. Er setzte das Glas an die Augen und inspizierte den Horizont. Folgte dem Licht, das intervallartig über das Wasser glitt. Dann schüttelte er den Kopf. Blödsinn! Wer sollte schon bei dem Wetter hier draußen sein. In der Heiligen Nacht! Friedrich seufzte. Er beendete seinen Rundgang und suchte die Stube auf. Er ließ sich in seinen

Sessel fallen, schlürfte den heißen Tee, um sich aufzuwärmen, und gab seinen Gedanken erneut Raum.

Als der Krieg 1918 sein Ende fand, versuchte Friedrich so schnell es ging, in sein Dorf zurückzukehren. Alles, was ihm Heinrich Rosenthal über Marie, Stine und seine unbekannte Tochter während dieser Nacht berichtet hatte, ließ ihn einfach nicht los.

Jahre waren seit ihrer gewaltsamen Trennung vergangen. Jahre, in denen er keine Ahnung von der arrangierten Begegnung mit Maries Bruder in der Scheune gehabt hatte. Was wusste Wilhelm von der innigen Liebe zwischen ihm und Marie? Nur allzu gern hatte der den verleumderischen Zeilen einer eifersüchtigen Frau Glauben geschenkt. Der Lüge ein bequemes Bett bereitet. Und er? Heute verstand er nicht mehr, warum er Hals über Kopf seine Braut und sein Dorf verlassen hatte. Er war weder ein Totschläger noch schuldig an einer Auseinandersetzung gewesen. Einer dummen Prügelei, die er weder provoziert noch gewollt hatte.

Als ihm Rosenthal von dem tränenreichen Geständnis der Kapitänstochter berichtete, von dieser Frau, die selbst nach seinem Verschwinden nicht aufgehört hatte, ihn und Marie mit ihrem Hass zu verfolgen, war er tief erschüttert. Er konnte sich nicht mehr an die Anzahl der Briefe erinnern, an ihren Inhalt, an den genauen Wortlaut, an die Verzweiflung, die er in jeder Zeile verewigt hatte.

Heute wusste er, dass Marie seine Briefe nie bekommen hatte, weil Stine sie abgefangen hatte. Ebenso konnte er die Trauer und die gleichzeitige Liebe, die Marie gepeinigt haben mussten, nur erahnen.

Sein Herz wurde schwer, wenn er daran dachte, was Marie wohl empfunden hatte, als sie erkannte, dass sie ein Kind von ihm unter dem Herzen trug. Seine Tochter Friederike. In Schande gezeugt und geboren? Nein! Dieses Kind musste voller Liebe sein.

Friedrich lächelte. Es war nicht mehr wichtig, dass er in den letzten fünfzehn Jahren trotz intensiver Suche weder Marie noch seine Tochter gefunden hatte. In seinem Herzen waren beide fest verankert. Marie war immer bei ihm, besonders heute, in der Heiligen Nacht. Inmitten des Sturms und der entfesselten Naturgewalten, nicht nur in der Stille dieser besonderen Stunden.

Sein Blick erfasste ein Miniaturbildnis, welches er mit einer Kerze und einem Tannenzweig auf dem Tisch platziert hatte. Eine Zeichnung, die er irgendwann von einem Künstler nach seiner Erinnerung an Marie hatte anfertigen lassen. Es war wie immer. Wie jedes Jahr zu Weihnachten, wenn er auf dem Leuchtturm war. Allein, aber nicht einsam. Selbst dann nicht, wenn es stimmte, dass Marie mit Friederike nach Amerika auswandern wollte. Zu ihrem Bruder, der in einer der aufstrebenden Metropolen eine gut florierende Handwerksfirma sein Eigen nannte. Angeblich waren Marie und Friederike 1912 an Bord der Titanic auf dem Weg in ihre neue Heimat gewesen. Gehörten sie zu den Toten, die diese entsetzliche Tragödie gefordert hatte? In den Passagierlisten indes, waren beide nicht auffindbar.

Wo war die Wahrheit, wo die perfide Lüge in diesem Drama? Friedrich wusste es nicht. Beide schienen wie vom Erdboden verschwunden. Die Suche nach seinen Lieben fußte auf dem, was er von Heinrich wusste.

Rosenthal, der ihm während der Kriegsjahre ein Freund geworden war und dessen Frau von ihm erfahren musste, dass ihr Mann am 10. November 1918 durch eine der letzten Kugeln tödlich getroffen worden war. Einen Tag vor der Kapitulation Deutschlands und Ungarn/Österreichs. Sinnlos. Das Leben war nicht fair.

Friedrich erfuhr 1920 von dem alten Wagenknecht, der nach dem Kindbetttod seiner Frau noch immer das Haus auf den Klippen bewohnte, dass seine Kinder zurück ins Thüringische gezogen waren. Marie und Friederike vor allem, um der Verachtung, die ihnen die Dorfbewohner entgegenbrachten, zu entfliehen. Karla, die jüngste Tochter Wagenknechts und besonders Anton, um vor Elses Fluch geschützt zu sein. Irgendwann hatte

Friedrich die Suche nach den beiden aufgegeben. Sie war ergebnislos geblieben. Er nahm die Stelle des Leuchtturmwärters an. Eine Tätigkeit, die ihn mit Freude erfüllte, ihm Ruhe und Frieden gab.

Und was Stine Hansen betraf? Nun, manchmal gab es so etwas wie ein Karma. Die Kapitänstochter hatte sich am Heiligen Abend in dem Jahr, als sie das Gespräch mit Heinrich Rosenthal geführt hatte, an dem einzigen Baum, der auf der Wiese hinter dem Haus stand, aufgehängt. Verschuldet und verarmt. Ein trauriges, einsames Schicksal hatte ein Ende gefunden.

Der Wind heulte und das Gebrüll ließ kaum einen anderen Ton zu. Friedrich trat erneut hinaus auf die Plattform, hielt sich an den Verstrebungen fest und lauschte. Da! Hastig zog er die Mütze vom Kopf, neigte seine Wange dem Meer zu und lauschte intensiver. Sein Hörvermögen war noch ausgezeichnet, deshalb … aber da war nichts. Mein Gott, er wurde alt. Seine Gedanken verwirrten, die Erinnerungen tobten in seinem Hirn. Langsam musste er kürzertreten. Kopfschüttelnd

umrundete er den Turm. Da! Da war es wieder! Keine Hirngespinste! Verdammt.
HILFE! Deutlich hatte er den Ruf vernommen. Kein Zweifel. Da war ein Mensch in Not!

Angestrengt suchte Friedrich das Wasser mit dem Fernglas ab. Seine Hände zitterten, sein Herz klopfte wild. Der Schein seiner Taschenlampe irrlichterte über das aufgebrachte Meer. Da! Erfasste einen winzigen Punkt am Horizont.

So schnell es seine bebenden Knie zuließen, hastete der Leuchtturmwärter die steile Wendeltreppe hinab. Aus der Truhe am Fuß des Leuchtturms zerrte er zwei Wolldecken, warf sie in das ankernde Schlauchboot, stieg schwerfällig hinterher und startete den Motor. Heulend schoss das Fahrzeug hinaus auf die See. Zwischen den leiser werdenden Hilferufen einer weiblichen Stimme und dem Heulen des Sturms, brüllte Friedrich: »Holl ut Deern. Fitsche kümmt!«, obwohl er selbst mit dem aufgewühlten Meer um sein Leben kämpfen musste.

Als er sich mit einer gehörigen Portion Glück bis auf wenige Meter an den Unglücksort heranmanövriert hatte, erkannte er durch die Gischt eine Gestalt. Eine Frau, die sich mit letzter Kraft an ein instabiles Surfbrett aus Balsaholz klammerte.

Mit einem Blick erfasste Friedrich die Situation. Den gebrochenen Mast, der wie ein Streichholz hin und her schwang, das Segel, das um Kopf und Oberkörper der Verunglückten schlug, ihre Beine, die bis zum Oberschenkel im Meer versunken waren. Lange durfte sie nicht mehr in dem eiskalten Dezemberwasser verbleiben, sonst würde sie erfrieren.

Erst beim dritten Versuch gelang es ihr, sich die Rettungsleine, die Friedrich ihr zuwarf, um die Hüften zu schlingen und sich Meter für Meter von ihrem Retter heranziehen zu lassen. Mit letzter Kraft zerrte der Mann sie in sein Boot. Er keuchte, sein Herz raste, Schweiß stand auf seiner Stirn, obwohl sein Körper unkontrolliert vor Kälte zitterte.

Als Friedrich bemerkte, dass die Frau das Bewusstsein verloren hatte, erschrak er. War er zu spät gekommen? Er beugte seinen Kopf auf ihre Brust, drückte sein Ohr an ihren Oberkörper. Dann nickte er. Gleichmäßige Herztöne pochten unter ihm. Die Frau schien noch nicht alt zu sein. Er würde sie heimbringen. Friedrich lächelte. Das erste Mal seit vielen Jahren fühlte er sich jung und glücklich.

*

Nachdem Friedrich die Seenotrettungsstelle verständigt hatte, näherte er sich der bewusstlosen Frau, die er mit so viel Mühe und Anstrengung in seinen Turm verbracht und auf seine Pritsche gehoben hatte. Sie mochte zwischen dreißig und vierzig Jahre alt sein. Als sie begann, sich unruhig zu bewegen, Worte zu murmeln, entfernte er die Decken und zerrte an dem Reißverschluss ihrer einengenden Gummimontur. Seine Finger strichen über ihre nassen hellen Locken, entfernten angepappte Strähnen aus ihrem Gesicht – und erstarrten mitten in der Bewegung. Tränen stürzten aus Friedrichs Augen, rannen über seine zerfurchten Wangen, als er sich über die junge Frau beugte und ihre Wangen streichelte. Seine Augen glänzten und er flüsterte mit all der Liebe, die ihn besonders in dieser Nacht erfüllte: »Marie, meine Marie, du hast mich endlich gefunden.«

Die Rettungsmannschaft fand den Leuchtturmwärter zusammengesunken über einer schlafenden Frau. Sein Kopf lag auf ihrer Brust und auf seinem Antlitz malte sich stiller Frieden.

Friedrich Jäger war an einem Herzinfarkt gestorben. Er sollte nicht mehr erfahren, dass er in dieser stürmischen Weihnachtsnacht seiner Tochter Friederike das Leben gerettet hatte.

Epilog

Ich fühlte mich merkwürdig benommen, als die junge Frau schwieg. Eine unerklärliche Wehmut erfasste mich. Lag es an dem heißen Grog, der stark und gut mein Innerstes wärmte oder war es der Weihnachtsabend, den ich kategorisch allein verbringen wollte? Vertrug ich die Melancholie dieser besonderen Stunden nicht mehr? Erschöpft ließ ich meinen Kopf an die Rückenlehne des Stuhls sinken und schloss für einen Moment die Augen.

Am zweiten Weihnachtsfeiertag würden die Kinder und Enkelkinder für genügend Trubel sorgen. Da war dieser kleine Augenblick der Besinnung ein Geschenk, das ich mir jedes Jahr um die gleiche Zeit gönnte. Nur in diesem Jahr schien es verändert, irgendwie mystisch und sehr traurig, wenn ich an das dachte, was ich gerade vernommen hatte.

Ich fuhr auf, als die Kellnerin plötzlich meine Schulter berührte und mich mit bedauernder Miene anblickte.

»Entschuldigen Sie bitte, aber wir schließen jetzt. Vielleicht besuchen Sie uns einmal wieder? Es würde uns sehr freuen, wenn es Ihnen gefallen hat.«

Ich zog die Brauen zusammen und blickte sie irritiert an. Vor mir stand mein Glas, dem ein leichter Duft von Rum entstieg. Ich war der letzte Gast in dem kleinen Café. Der Platz neben mir war leer.

Ich gähnte unterdrückt, nickte der freundlichen Bedienung zu, bezahlte mein Getränk, streifte meine Jacke über die Schultern und erhob mich. In der Tür wandte ich mich noch einmal um, legte kurz meine Hand auf den Arm der vorbeihuschenden Kellnerin und blickte sie fragend an.

»Ach bitte, können Sie mir vielleicht sagen, wann die junge Frau gegangen ist, die in meiner Begleitung war? Irgendwann bin ich wohl für einen Moment eingenickt … also … ich hab's verpasst …« Verlegen zog ich die Schultern hoch, lächelte und hob die Hände.

Was tat ich hier? Lieber Gott, war das peinlich. Und das Gefühl verstärkte sich noch, als ich ihren Blick bemerkte, ihr Lächeln, das auf ihrem Gesicht wie eine Entschuldigung für mein Verhalten lag, als sie den Kopf schüttelte.

»Aber ich bitte Sie. Machen Sie sich deshalb keine Sorgen, das kann jedem passieren. Für viele ist der Heilige Abend eine furchtbare Belastung, für einige das Fest der Liebe und Freude, für andere ein Arbeitstag, wie jeder andere auch.«

Sie hob die Augen und ich wusste, dass sie von sich sprach. Von ihrer Familie, die auf ihre Anwesenheit verzichten musste, von Kindern, die das Fest der Liebe ohne ihre Mama begehen mussten, weil Gäste wie ich auf ihrem Stuhl einschliefen.

»Und manchmal erscheinen uns Träume in solchen Momenten ziemlich real zu sein«, hörte ich sie sagen. »Sie muss nett gewesen sein, die junge Frau«, setzte sie schmunzelnd hinzu. »Sie haben gelächelt … im Schlaf …«

Ich floh regelrecht, bestellte mir ein Taxi und legte mich zu Hause sofort ins Bett. Dabei verbot ich mir strikt, über das nachzudenken, was für mich am Rand des Wahnsinns schwebte. Es funktionierte.

Ich schlief fest und traumlos. Erst am kommenden Morgen beim Frühstück gestattete ich mir, über das Erlebte nachzudenken. Ich war mir ziemlich sicher, weder geträumt zu haben noch verrückt geworden zu sein. Die junge Frau war sehr lebendig gewesen. Ich hatte sie gesehen und ihre Hand auf meinem Arm gespürt. Deshalb beschloss ich, den Tag zu nutzen und der Sache auf den Grund zu gehen.

Als meine Tochter anrief, um sich nach meinem Befinden zu erkundigen, antwortete ich mit ein paar nichtssagenden Floskeln. Warum sollte ich sie unnötig beunruhigen? Ich verstand es ja selbst nicht. Entschlossen zog ich mich an, setzte mich in mein kleines Auto und fuhr erneut zum Friedhof.

Mein Herz klopfte bis zum Hals, meine Hände bebten, als ich das Grab meines Mannes erreichte und auf den leeren Platz daneben starrte. Der Hügel war verschwunden. Keine Blumen, keine Schleifen – nichts.

Das Grab machte einen ungepflegten Eindruck, der Stein war verwittert, die Inschrift kaum erkennbar. Das Einzige, das relativ gut erhalten schien, war eine dunkelbraune Urne, die vor dem Stein stand. Und das weiße Grablicht. Es war nicht angezündet worden, stand noch genau dort, wo es die geheimnisvolle junge Frau am Vorabend verlassen hatte.

Mir brach der Schweiß aus. Unruhig blickte ich mich um. Der Regen hatte nachgelassen, trotzdem war der Friedhof menschenleer. Langsam begann ich an meinem Verstand zu zweifeln.

Ich bin Marianne Binder, siebenundfünfzig Jahre alt, seit zehn Jahren verwitwet, habe eine Tochter, zwei entzückende Enkelkinder, einen zauberhaften Schwiegersohn, bin ein absoluter Familienmensch, arbeite in der Redaktion einer überregionalen Zeitung, schreibe gern Artikel – und bin gestern einem Geist begegnet!

Wie ein Mantra wiederholte ich die Eckdaten meines Lebens.

Und endlich wurde ich ruhiger. War es der Friedhof, der

mir meine innere Sicherheit zurückgab? Die Ruhe, die er ausstrahlte. Die Anonymität der Toten, die hier schliefen. Das Grab meines Mannes und die Erinnerung an ihn, die mein Herz mit Wärme und Liebe erfüllte? Ich blickte mich um. Dann schob ich das nasse Laub beiseite und bahnte mir einen Weg zum Kopfende des eingesunkenen Grabes. Vorsichtig holte ich meine Brille aus der Tasche, setzte sie auf die Nase, wischte das Moos von dem schlichten Stein – und fuhr zurück. Deutlich sprangen mir die Inschriften ins Auge.

Leuchtturmwärter

Friedrich Jäger

10.04.1875 - 24.12.1935

+

Friederike Wagenknecht

12.01.1900 - 24.12.1999

Verwirrt schüttelte ich den Kopf. Friederike Wagenknecht war fast einhundert Jahre alt geworden und demnach gestern gestorben?

»Sind Sie eine Angehörige Friederikes? Eine Bekannte?«, vernahm ich eine Stimme hinter mir und wirbelte herum.

Eine ältere Dame stand plötzlich auf dem Weg und nickte fragend in Richtung des Grabsteins. »Wissen Sie«, fuhr sie eifrig und scheinbar ohne eine Antwort zu erwarten, fort, »Friederike hatte es nicht leicht in ihrem Leben. Erst kommt ihre Mutter bei einem Schiffsunglück ums Leben, dann stirbt ihr Gatte bei einem Autounfall. Und als sie sich daraufhin mit einem Surfbrett auf das Meer begeben hat, um in der Weihnachtsnacht ihrem Leben ein Ende zu setzen, wird sie ausgerechnet von ihrem verschollen geglaubten Vater gerettet. Das Leben ist voller Überraschungen, oder nicht?«

Sie blickte mir lange in die Augen. Versonnen und fragend. »Es gibt eine höhere Macht, die unser Schicksal lenkt, die bestimmt, wann wir abberufen werden«, setzte sie flüsternd hinzu. »Glauben Sie der alten Else nur. Friederike musste noch viele Jahre mit dem Wissen leben, womöglich den Tod ihres Vaters verursacht zu haben. Jedes Jahr an seinem Todestag hat sie ein Licht auf seinem Grab entzündet. Bis auf das letzte. Friederike hat wohl geahnt, dass es mit ihr zu Ende gehen würde. Selbst ihre Urne hat sie vor ihrem Tod ausgesucht. Sie mochte braun, wissen Sie. Ach, schauen Sie einmal, so hat Friederike in jungen Jahren ausgesehen.«

Die alte Dame nestelte ein Bild aus ihrer Tasche und hielt es mir unter die Augen. »Eine wahre Schönheit.« Sie lächelte geheimnisvoll, nickte mir zu und verschwand hinter der nächsten Wegbiegung ebenso lautlos, wie sie gekommen war.

Verblüfft sah ich ihr nach. Ich hatte nur einen kurzen Blick auf das Bild geworfen, weil ich ahnte, dass es meine Vermutung bestätigen würde. Ich kannte die junge Frau und auch die alte Dame, die mir gerade erschienen war.

Else Biesenhain, deren Fluch endlich vollendet schien. Nachdenklich kramte ich mein Feuerzeug hervor, zündete die weiße Kerze an und lächelte, als ich Friederike und Else im Rauch der Kerze erkannte, bevor sie hinter dem verwitterten Grabstein verschwanden.

Seitdem sind viele Jahre vergangen. Nie wieder habe ich an meiner Wahrnehmung, an der Mystik des Alltags, gezweifelt. Ich weiß, dass es mehr zwischen Himmel und Erde gibt, als wir mit unserem Verstand begreifen können und wollen.

Noch immer zünde ich am Heiligen Abend die Kerzen auf beiden Gräbern an. Friederike Wagenknecht ist mir nie wieder begegnet. Sie scheint endlich ihren Frieden gefunden zu haben.

Danksagung

Ein Buch zu schreiben, ist eine anstrengende, aufwändige und vor allem wunderschöne Arbeit.

Während ich schreibe, lebe ich in einem Tunnel. Vieles bleibt auf der Strecke, bleibt unbeachtet, wird ausgeblendet. Leider auch das, was mich umgibt.

Mein besonderer Dank gilt allen Leserinnen und Lesern, die meine Bücher kaufen.

Aber das Salz in der Suppe für jeden Autor sind die Meinungen seiner Leser.

Schreiben Sie mir, was Ihnen gefallen oder nicht gefallen hat. Erstellen Sie eine Rezension auf Amazon, wenn Sie mögen. Melden Sie sich privat oder auf Facebook bei mir. Ich würde mich sehr freuen.

Zuletzt und doch an erster Stelle danke ich meinem Ehemann Klaus für seine Geduld und seine Hilfe bei den Dingen, die trotz meiner Schreibphasen notwendig sind. Was wäre ich ohne dich.

Sabine Bürger, Dezember 2023

Weitere Romane der Autorin

Die zur See fahren, sechs Monate und ein ganzes Leben.

Erschienen in Merlins Bookshop – Verlag.

Demnächst auch als HÖRBUCH erhältlich.

Marie-Luises Leben ändert sich grundlegend, als die lebenslustige Cosima ihren Weg kreuzt. Zwischen beiden Frauen entwickelt sich eine tiefe Zuneigung, getragen durch die maritime Berufswahl ihrer Männer. Bevor sie ihre Erinnerungen über das Leben an Bord eines Hochseefrachters mit ihrer jungen Freundin teilen kann, verstirbt sie unverhofft und hinterlässt Cosima ein Tagebuch. Als diese erkennt, wie sehr Marie-Luises Leben ihr eigenes tangiert, begibt sie sich auf eine abenteuerliche Reise und in eine erschütternde Vergangenheit …

Ein historischer Roman über die Seefahrt. Eine

Geschichte über die Liebe, das Leid und die Folgen einer tragischen Entscheidung.

Hexenkinder - das Fenster in die Vergangenheit (Teil 1) erhältlich als HÖRBUCH

Geeignet für Kinder ab 10 Jahren, für Jugendliche und Erwachsene.

Als die elfjährige Samantha von der abenteuerlichen Zeitreise ihrer Mutter erfährt, beschließt sie, ebenfalls den Sprung durch die „Geheime Pforte“ zu wagen. Gemeinsam mit ihren Freundinnen, den Zwillingen Antonia und Anica, verschwindet sie in das mittelalterliche Magdeburg. Eine geplante Hexenverbrennung stellt Samantha vor eine schwerwiegende Entscheidung, doch das ist erst der Anfang ihres ungewöhnlichen Ausflugs in die Vergangenheit.

Ob es die Begegnung mit Mathilda, der Tochter der Kräuterfrau, den im Wald hausenden Gesetzlosen oder den Burgleuten ist, immer bleibt es für Samantha ein Kampf gegen den Aberglauben, die Grausamkeit und die Unwissenheit der damaligen Zeit. Sie lernt Missgunst und Niedertracht kennen, erfährt aber auch Liebe und Zuneigung. Als sie schwer krank wird, kann nur noch eine Rückkehr in das 21. Jahrhundert sie retten, doch diesen Weg hat sich Samantha verbaut …

Hexenkinder – Unter Piraten (Teil 2)

Geeignet für Kinder ab 12 Jahren und Erwachsene

Erhältlich als HÖRBUCH Frühjahr 2024

Mithilfe der Zauberamulette seiner Familie hat der dreizehnjährige Florian Falco den Sprung in die Vergangenheit geschafft. Und nicht nur das. Seine fünf besten Freunde begleiten ihn. Während Florian Folco

und seine heimliche Jugendliebe Anastasia im mittelalterlichen Warnemünde landen, fallen Hans Peter und Bernhard auf der Ostsee in die Gewalt dänischer Piraten.
Charlotte und Mohamed Janek begeben sich auf eine abenteuerliche Suche nach ihnen. Doch wer ist Freund und wer Feind, in einer von Grausamkeit und Aberglauben geprägten Zeit?
Konfrontiert mit den verbrecherischen Branntweinbrüdern, dem barbarischen Narbenpete, den mörderischen, von Habgier und Rücksichtslosigkeit geprägten Freibeutern, stützen sie sich auf ihre Freundschaft und kämpfen gemeinsam um ihr Überleben.
Werden die sechs Freunde jemals in ihre eigene Zeit zurückfinden?

Hotline of Love - Geheimes Verlangen

Erotikroman unter Pseudonym Rose MacBain.

Erschienen im Selbstverlag und bei audioparadies als HÖRBUCH.

Ein neuer Lebensabschnitt und eine dunkle Stimme, die ihr ein heißes Kribbeln über die Haut jagt …

Nie im Leben hätte Louisa gedacht, dass ihr der frisch angetretene Job Vergnügen bereiten könnte, ihr die unanständigen Dinge gefallen würden, die sie den Anrufern der Erotik-Hotline ins Ohr flüstert. Besonders ein Kunde hat es ihr angetan. Zwischen dem Unbekannten und ihr sprühen während der Telefonate die Funken, und irgendwann bekommt Louisa den Mann einfach nicht mehr aus dem Kopf. Da hilft es leider wenig, ihm plötzlich unerwartet in einem Nachtklub gegenüberzustehen.

Kein Zweifel: Bei dem umwerfend attraktiven Kerl handelt es sich eindeutig um ihren Hotline Partner, den Mann, dessen Stimme sie unter Tausenden erkennen würde. Leider verbieten die Regeln der Agentur, für die sie arbeitet, sich auf einen Kunden einzulassen. Da ist der Ärger vorprogrammiert, viel mehr, als Louisa ahnt …

Die das Licht töten

Thriller. Erschienen im Selbstverlag und als HÖRBUCH.

Mit Bedauern hat Juliane Kramer die Abneigung ihrer geliebten Tante Margaret gegen Fred, ihren zukünftigen Ehemann, akzeptieren müssen. Als Margaret zehn Jahre später stirbt, hinterlässt sie ihrer Nichte unter den Bedingungen einer perfiden Zusatzklausel ein riesiges Vermögen. Enttäuscht über die einschränkende Nachlassverfügung behält Juliane die Details für sich. Um ihrer kinderlosen Ehe etwas Abwechslung zu bieten, bucht sie für den Sommerurlaub ein exklusives Appartement am Meer. Als sie den smarten Michael trifft und sich beeindruckt von seiner äußeren Erscheinung und seinem Charme spontan mit ihm verabredet, ahnt sie nichts von der Hölle, in die sie ihr unüberlegtes Date führt …

Bluegrass-Sommer

Herzen in Aufruhr

Eine berührende Love-Story unter der Sonne Kentuckys.

Erschienen im Selbstverlag und als HÖRBUCH.

Alle Männer taugen nichts, findet Lesley Ann, als sie enttäuscht von ihrer letzten Beziehung New York verlässt und sich in einem Kaff im Bundesstaat Kentucky wiederfindet. Aber die Hoffnung auf das große Glück macht selbst vor der Abgeschiedenheit einer ländlichen Idylle nicht halt. Als sie ihre journalistische Tätigkeit auf die Farm der Masons verschlägt, verliebt sie sich Hals über Kopf in den attraktiven Juniorchef Robert. Trotz aller Vorsätze lässt sie sich auf eine heiße Liebesnacht mit ihm ein, überzeugt davon, endlich die Liebe ihres Lebens in den Armen zu halten. Doch plötzlich ist nichts mehr, wie es scheint …

Ich wünsche Ihnen viel Freude beim Lesen.

Sie erreichen mich auf Facebook, per Mail oder Telefon und unter meiner privaten Adresse.

Bleiben Sie gesund und lesefreudig.

Ihre Sabine Bürger

Printed by Amazon Italia Logistica S.r.l.
Torrazza Piemonte (TO), Italy

64682808R00079